보물섬

KB192155

로버트 스티븐슨 지음

영국에서 태어난 스티븐슨은 변호사 출신의 작가로, 어려서부터 몸이 약해 유럽 각지를
돌아다니며 요양 생활을 했습니다. 서른 살이 넘어서야 본격적인 작품 활동을 시작하여,
「지킬 박사와 하이드 씨」「보물섬」 등의 명작을 남겼습니다. 1883년 출간된 모험 소설 「보물섬」은
폭발적인 인기를 얻어 아동 문학의 고전으로 자리잡았으며, 마음속에 잠재된 선과 악을 다룬
「지킬 박사와 하이드 씨」는 이중 인격의 대명사로 불릴 만큼 유명한 작품입니다.

김원석 엮음

수원대학교 교육대학원 국어교육과를 졸업하고, 1975년 「월간문학」 아동 문학 부문
신인상으로 등단했습니다. 한국동시문학상 · 한국아동문학상 · 유럽 방송연맹 은상 ·
소천아동문학상 · 박홍근아동문학상 등을 수상했습니다. 동요 · 동시집 「초록빛 바람」
「아이야 올려거들랑」 「우리나라 전래 동요」, 동화 · 소년 소설집 「벙어리 피리」
「노빈손 장다리」 「지하철은 엄마 뱃속」 「대통령의 눈물」 「예솔아, 고건 몰랐지?」, 고전 동화
「우리 고전 전래 동화」(1학년 · 2학년 · 3학년)와 「똥싼 도깨비」 「중국을 놀라게 한 최치원」
「엄마 지혜가 뭐예요?」 「부자가 되려면」 「약올리는 수탉, 성난 누렁이」 등의 책을 펴냈습니다.

2017년 4월 25일 2판 4쇄 **펴냄**
2011년 8월 15일 2판 1쇄 **펴냄**
2004년 5월 1일 1판 1쇄 **펴냄**

펴낸곳 (주)효리원
펴낸이 윤종근
지은이 로버트 루이스 스티븐슨
엮은이 김원석 · **그린이** 뱅상
등록 1000년 12월 20일 **번호** 2 1108
우편 번호 03147
주소 서울시 종로구 삼일대로 457, 1206호
대표 전화 3675-5222 · **편집부** 3675-5225
팩시밀리 765-5222
© 2004, (주)효리원
잘못 만들어진 책은 구입하신 서점에서 바꾸어 드립니다.
ISBN 978-89-281-0112-2 64840

홈페이지 www.hyoreewon.com

보물섬

로버트 루이스 스티븐슨 지음
김원석 엮음 / 뱅상 그림

 효리원
hyoreewon.com

『보물섬』은 여러분 또래의 짐 허킨스라는 소년의 모험
이야기입니다.

이 작품을 쓴 로버트 루이스 스티븐슨은 1850년 11월 13일
에든버러에서 태어나, 1894년 12월 4일 사모아에서 세상을
떠났습니다. 그는 44년이라는 짧은 삶을 살았지만, 소설뿐만
아니라 시와 수필도 써 영국 문학에 많은 공헌을 했고, 아직도
많은 작품이 읽혀지고 있습니다.

스티븐슨은 태어나면서부터 폐가 나빴습니다. 그래서 몸이 약해
늘 병이 떠나지를 않았습니다. 그런 까닭에 학교 교육도
정상적으로 받지 못했습니다. 그러나 스티븐슨은 어려서부터
병상에서 책을 많이 읽어 상상력이 뛰어났습니다. 책을 많이
읽은 것을 바탕으로 글을 썼습니다. 그러다가 스무 살 되던 해에
잡지에 글을 써 발표하며 작가가 되었습니다.

스티븐슨은 우리 나라의 방정환 선생님처럼 말솜씨가 뛰어나

이야기를 아주 잘 했다고 합니다. 게다가 그는 어린이들을 매우

사랑하고 또 그들에게 많은 이야기를 들려 주었다고 합니다.

『보물섬』도 어린이에게 들려 주었던 이야기 가운데

하나라고 합니다.

스티븐슨은 교육을 제대로 받지 못했지만 책을 많이 읽어 훌륭한

작가가 되었습니다. 책은 이처럼 어린이에게 중요한 것입니다.

『보물섬』을 그냥 재미로만 읽지 말고, 이야기의 주인공인

짐과 나를 비교해 가면서 읽어 보세요. '내가 짐이라면

어땠을까? 그렇게 어려운 일을 참고 또 힘든 일을 해냈을까?'

이렇게 말이죠.

『보물섬』은 주인공 짐이 여러 가지 변화 속에서 하루하루를

살아가는 방법을 사건을 통해 재미있게 엮은 것입니다.

여러분 앞에 주어지는 하루하루는 매일 같은 날 같지만, 새

하늘과 새 땅으로 시작되는 날입니다. 매일매일 여러분은 보다

나은 내일로 가기 위해 인생의 지도를 들고, 모험의 세계를

향하고 있습니다. 그 세계를 어떻게 헤쳐 나가느냐에 따라

내일의 보물을 보다 빨리, 보다 많이 얻게 될 것입니다.

엮은이 김은식

| 차례 |

늙은 선장

1760년, 짐 허킨스라는 소년이 부모님과 함께 영국 남쪽에 있는 벤보라는 주막에 살고 있었다.

어느 날, 얼굴이 갈색이고 늙수그레한 선원한 사람이 먼 곳에서 짐의 집을 찾아왔다. 그 사람은 키가 크고 몸이 뚱뚱했으며, 얼굴에는 상처 자국이 있었다. 또한 깃이 달린 모자를 쓰고 머리는 땋아 내린 모습이었다.

그는 천천히 주막으로 오더니 잠시 멈춰 서서 바닷가를 이리저리 둘러보고는, 주막 문을 가볍게 두드렸다. 짐의 아버지는 그 소리를 듣고 문을 열어 주었다. 그러자 늙은 선원은 럼주(당밀 또는 사탕수수를 발효하여 증류한 술) 한 잔을 달라고 했다.

"주인장! 이 주막에도 사람이 많이 옵니까?"

그는 문 옆에 서서 술을 마시다가 물었다.

"이 곳은 사람이 너무 적어 걱정이랍니다."

"아, 그래요? 그렇다면 이 곳에 머물고 싶소. 나는 베이컨이나 달걀만 있으면 되오. 아니, 럼주는 많은 게 좋겠군. 나는 그저 여기서 바다에 배가 지나가는 것을 보고 싶을 뿐이오."

늙은 선원이 말했다.

"좋습니다. 침실은 위층에 있습니다. 여기 머물고 싶다고 하셨는데, 손님 이름은 뭔가요?"

"내 이름은 빌리인데, 그냥 선장이라 불러 주시오."

그 때 또다른 사람이 손수레에 금고 같은 상자를 싣고 왔다. 선장은 그에게 소리쳤다.

"어이, 그 상자를 내 침실로 옮겨 놓게. 얼마 동안 이 주막에 머물 거야."

늙은 선원은 여러 달 동안 짐네 주막에 있었다.

선원의 방에 옮겨 놓은 상자는 언제나 굳게 잠겨 있어, 그 속에 무엇이 들어 있는지 아는 사람이 없었다.

늙은 선원은 밥값과 매일 저녁 마신 술값을 내지 않아, 짐

아버지에게 많은 돈을 빚졌다. 그러나 짐 아버지는 늙은 선원에게 돈을 내라고 하기가 어쩐지 두려워 받지 못했다. 짐 아버지뿐 아니라 모든 사람들이 그 선장을 무서워했다.

시간이 얼마 지나지 않아 선장의 본성이 드러나기 시작했다. 그는 본래 난폭한 해적 출신이라 성질이 사나운데다, 매일 술을 마시고 주정을 부리기가 일쑤였다. 벤보 주막에 드나들던 몇 안 되는 손님도 이 난폭한 해적이 보기 싫어 차츰 발을 끊고 다니지 않았다.

이 선장 때문에 짐 아버지의 주막은 장사가 되지 않았다. 그렇다고 함부로 이야기했다가는 무슨 봉변을 당할지 몰라, 짐 아버지는 끙끙 앓다가 마침내 화병이 나서 자리에 눕게 되었다.

짐 어머니 또한 선장 때문에 병이 들 지경이었다. 무슨 말을 하려고 선장 옆에 가면 소리를 고래고래 지르는 바람에 겁이 나서 말을 걸기가 무서웠다. 다만, 순진한 소년인 짐만은 무서운 것을 모르고 난폭한 선장의 잔심부름을 해 주었다. 그 동안 밀렸던 술값이나 숙식비를 받으러 가는 일도 짐의 몫이었다.

"또 숙박료가 밀렸다고? 이 망할 자식이……."

선장은 술에 잔뜩 취해 사나운 눈을 부릅뜨며 칼을 빼어
들고는 했다. 그럴 때마다 짐은 선장 방에서 도망쳐 나왔다.
그러던 어느 날이었다. 선장은 짐에게 다정한 목소리로
부탁했다.

"착한 짐아, 내 부탁 좀 들어 다오. 혹시 한쪽 다리가 없어

절룩이는 선원이 이 근처를 지나가면 즉시 나에게 알려 주렴.

그럼 매달 초에 은화 4펜스씩 주지."

짐은 선장의 부탁을 들어 주겠다고 했다.

선장의 비위를 건드리지 않는 것이 중요하다고 생각했기

때문이다.

선장은 매일같이 망원경을 메고 바닷가로 나갔다. 그리고

돌아올 때는 언제나 물었다.

"지나가는 선원을 못 봤니?"

이러한 물음은 날마다 되풀이되었다.

짐은 선장의 말대로 매일 외다리 선원이 오는가를 지켜봤다.

어떤 때는 외다리가 나타나는 꿈까지 꾸었다.

오늘도 빌리는 새벽부터 망원경을 둘러메고 바닷가로 나갔다.

빌리가 나간 사이 짐은 어머니를 도와 주막 청소도 하고,

아버지 병 간호도 하였다.

그 때 집 앞을 지나가던 낯선 사람이 주막 안으로 얼굴을 쑥

디밀었다. 선원과 비슷한 차림새에, 허리에는 뱃사람들이

쓰는 칼을 차고 있었다. 얼굴은 그다지 사납지는 않았지만

외다리 뱃사람을 찾고 있던 짐은 깜짝 놀랐다.

"누구를 찾아오셨나요?"

"술 한 잔 마시려고."

이 사나이도 럼주를 시켰다. 짐이 술을 가져오자 그가 물었다.

"꼬마야, 이 주막에 혹시 선원 비슷한 사람이 묵고 있지 않니?"

"잘 모르겠는데요. 선장이라는 분은 한 사람 계세요."

"그래? 얼굴에 칼자국이 있고, 술만 취하면 이상한 노래를 부르지?"

"네. '해골섬에 열다섯 사나이가 표류하였으나…….' 그런 노래 말인가요?"

"그래, 그래. 그 사람 지금 어디 있니?"

"바닷가에 나가셨는데요. 곧 들어올 거예요. 불러 올까요?"

"그럴 필요는 없다."

말을 마친 사나이의 얼굴에 긴장감이 감돌았다. 문 가까이 가서 자리를 잡고는 줄곧 밖을 내다보며 빌리가 오기를 기다리는 것 같았다.

눈치 빠른 짐은 무슨 일이 일어날 것을 예감했다. 가뜩이나 사나운 선장 때문에 손님의 발길이 끊기고, 아버지는 화병으로 눕게 되었는데, 이 사나이 때문에 또 선장의 비위를 건드리면 어떻게 하나 걱정이 되었다.

수상한 사나이는 밖을 보며 칼을 뺐다 넣었다 하고, 마른
입술에 침을 묻히기도 하며 안절부절못했다.

그 때, 빌리가 해변가에서 돌아오는 모습이 보였다. 그러자
사나이는 곧 문 뒤로 숨었다.

짐은 무슨 굉장한 사건이 일어날 것만 같아, 불안한 마음으로
떨어져서 지켜보았다. 아무 일도 없었다는 듯이 빌리는 주막
안으로 성큼 들어와 언제나 앉던 자리에 가서 앉았다.

"빌리, 오랜만이군!"

사나이는 억지로 침착한 체 목소리를 꾸며 말했다. 말이
떨어지자마자 빌리는 소리나는 쪽으로 얼굴을 휙 돌리더니,
별안간 무슨 귀신이라도 본 것처럼 무서운 얼굴이 되었다.
그러다가 곧바로 맥이 빠진 멍청한 얼굴로 체념한 듯이
사나이를 바라보았다.

"나를 기억하겠나? 옛날에 같은 배를 탔던 친구 아닌가? 아직
잊지는 않았겠지."

"자네, 검둥이 아닌가?"

"기억하고 있군."

검둥이는 '해왕호'에 같이 탔던 해적이었다. 해왕호에서는

감히 말을 붙이기도 힘들 만큼 난폭했던 빌리였다. 예전

같았으면 이런 말투로 말할 엄두조차 나지 않았겠지만,

뜻밖에도 지금은 옛날의 사납던 모습은 사라지고 늙고 병든

모습이었다. 검둥이는 자신이 생겼다.

"옛 친구인 검둥이가 자네를 만나러 왔네. 참 오랜만일세."

빌리도 마음이 진정되었는지 물었다.

"무엇 때문에 날 찾아왔지?"

옛날 선장답게 상대를 억누르는 말투였다.

검둥이는 짐에게 말했다.

"넌 여기 있지 말고 나가 있어. 내가 부를 때까지 오면 안 돼.

알았지? 그리고 아무도 들어오지 못하게 해라."

짐은 겁에 질려 밖으로 나왔다. 그러나 안에서 무슨 일이

일어날까 호기심이 생겨 문 뒤에 숨어 몰래 들여다보았다.

그들은 낮은 목소리로 다투는 것 같았다. 그러다가 목소리가

차츰 커지더니 큰 소리로 변했다. 의자 넘어지는 소리가

요란하더니, 날카로운 칼날이 서로 맞부딪치는 소리가

들려왔다. 그와 동시에 비명이 들렸다.

"악……."

검둥이는 어깨에서 흐르는 피를 한 손으로 누르면서

도망갔다. 그 뒤를 빌리가 쫓아갔다. 빌리는 곧 칼로 도망치는
검둥이의 등을 찔렀는데, 등에 맞지 않고 주막 간판을
내려치고 말았다. 그 틈에 검둥이는 있는 힘을 다해 도망쳤다.
빌리는 아주 분해하는 것 같았다. 그는 주막 안으로 들어와
의자에 털썩 앉았다.

"꼬마야, 술 가져와라."

그는 이렇게 말하며 갑자기 푹 쓰러졌다.

짐이 술을 가져오려고 뛰어가는데, 뒤에서 갑자기 '쾅' 하며
무엇이 넘어지는 소리가 들렸다. 뒤를 돌아보니 빌리가 네
활개를 펴고 쓰러져 있었다.

"선장님!"

짐이 겁에 질려 어쩔 줄 모르고 있는데, 어머니가 들어왔다.

"왜 이렇게 시끄러우냐? 아니, 선장이 아니냐?"

어머니는 조심스레 선장 가까이 다가갔다. 짐도 그 뒤를 따라
떨리는 발걸음으로 다가갔다.

선장은 아직 죽지 않았다. 숨소리가 죽어 가는 사람처럼
가쁘고, 얼굴이 흙빛으로 변해 갔지만 아직 숨이 끊어진 것은
아니었다.

"이를 어찌하면 좋을까?"

어머니도 안절부절못했다. 그러나 짐은 소년다운 호기심으로
무서워하지 않고 선장 곁으로 다가갔다. 짐은 용감하게
사나이의 입을 벌리고 독한 럼주를 조금씩 먹였다. 술은
강심제(심장의 기능을 강하게 하는 약) 구실도 하여, 먹이면 어떤
효과가 있을지도 모른다고 생각했기 때문이다.

그 때였다. 아버지 병을 치료하러 다니는 의사 리버시 선생이
들어왔다. 리버시 씨는 의사이지만 그 지방의 행정관도
겸하고 있었다. 지방 행정관은 오늘의 경찰서장과 같았다.
리버시 씨는 쓰러져 있는 선장을 보자 한 마디 했다.

"이 주정뱅이 녀석, 끝내 이 꼴이 되었군! 술을 너무 많이
마시지 말라고 충고까지 했는데 할 수 없는 녀석이로군!
그래도 우선 살려 놓고 봐야지. 짐, 빨리 그릇 좀 가져오너라."

의사는 빌리 곁에 앉아 소매를 헤치고 팔을 꺼내었다.
팔뚝에는 여러 가지 무늬가 새겨져 있었다.

의사는 빌리의 팔에서 혈관을 찾아 칼로 베었다. 그러자 붉은
피가 나와 짐이 가져온 그릇에 가득 찼다. 잠시 뒤 빌리는
의식이 회복되는 듯 힘없이 눈을 뜨고 주위를 멍청하게
둘러보았다. 그러다가 별안간 긴장한 얼굴이 되면서
일어나려고 했다.

"검둥이 자식 어디 갔지?"

"가만히 있어. 이제 술 좀 끊어. 내가 수술을 안 했더라면 벌써 염라대왕 앞으로 갔을 거야."

빌리의 정체를 어느 정도 눈치챈 의사는 짐과 어머니의 도움으로 빌리를 이층의 침대에다 옮겼다.

"가만히 누워 있어. 피를 많이 뽑았으니, 일 주일은 누워 있어야 해. 내 말 안 들으면 넌 끝장이다!"

빌리는 초조한 표정을 지으며 나가려 하는 의사에게 소리쳤다.

"일 주일을 참으라고? 멍텅구리 같은 소리 좀 그만 해. 곧 검둥이가 패거리들을 끌고 올 텐데. 난 빨리 이 곳에서 빠져 나가야 해. 짐, 어서 럼주 한 잔만 갖다 줘. 그걸 마시면 다시 기운을 차릴 수 있어."

이런 소동 때문인지 병으로 고생하던 짐의 아버지는 그 날로 숨을 거두고 말았다.

짐은 장례식을 치르느라 정신 없이 바쁜 시간을 보냈기 때문에 빌리에게 관심을 가질 틈이 없었다. 그런데 빌리는 리버시 씨의 말을 듣지 않고, 다음 날 아침 이층에서 기어 내려와, 럼주를 마시고 있었다. 집이 텅텅 비어 아무도 말리는

사람이 없었다.

그는 술이 얼근해지자 괴상한 해적 노래를 집이 떠나가라

크게 불렀다.

"해골섬에 열다섯 사나이 표류하였으나 럼주는 한 병뿐

로호호 로호호 어찌할 거나."

그러다가 미친 사람처럼 칼을 빼어 들고 공중으로 휘두르기도

하고 테이블을 내려치려는 몸짓을 하기도 했다.

장례식이 끝나고 며칠이 지났다. 짐은 돌아가신 아버지를

생각하며 저 멀리 하늘을 바라보았다.

그 때 '똑똑' 땅을 두들기면서 걸어오는 발소리가 들렸다.

뒤를 돌아다보니 뱃사람들이 입는 남루한 옷에 수염이 길게

자란 장님이었다.

그 옷차림은 누가 보아도 소름이 끼칠 지경이었다.

"이 불쌍한 소경에게 길 좀 안내해 주십시오. 여기가

어딥니까?"

"주막인데요."

짐은 불쌍한 생각이 들어 공손하게 대답했다.

"고마운 분이군요, 친절하게 대답해 주시다니. 목소리로 보아

나이가 어린 분 같은데, 미안하지만 저를 주막 안으로 안내해

주실 수 있겠어요?"

앞을 못 보는 남자는 떨리는 듯 손을 내밀었다. 짐이 손을
잡자, 그는 갑자기 무서운 힘으로 짐의 팔을 움켜쥐었다.

"아야, 아……."

짐은 너무도 아파 손을 뿌리치려 했으나 놓아 주지 않았다.

"꼬마야, 무서워할 것 없어. 나를 빌리한테 데리고 가면 돼."

"그건 안 돼요."

"잔소리가 많다. 말 안 들으면 이 팔목을 꺾어 버리겠다."

짐은 겁에 질렸다.

'앞을 못 보는 이 사람도 해적이구나.'

짐은 생각했다.

"선장한테 가시면 위험해요. 그는 칼을 차고 있어요."

"또 잔소리구나! 어서 안내해라."

짐은 앞을 못 보는 남자를 이끌고 주막 안으로 들어갔다. 주막
안 구석진 의자에 빌리가 앉아 있었다.

"선장님, 친구분이 찾아왔어요."

선장은 힘 빠진 몸을 돌려 바라보더니, 있는 힘을 다해 몸을
일으키려 했다. 그러나 이내 비실비실 다시 의자에 쓰러지듯
앉아 버렸다.

"피우, 피우로구나……."

앞을 못 보는 남자는 성큼 다가서며 말했다.

"그렇다. 난, 네 친구 피우다. 이 배반자! 내가 찾아온
이유는……. 자, 받아라."

낯선 남자는 짐의 도움으로 빌리의 손을 잡아끌더니, 그에게
쪽지 한 장을 건네주었다. 빌리는 모든 것을 체념했다.

"틀림없이 편지는 받았지? 그럼 나는 간다."

앞을 못 보는 남자는 빌리의 손을 놓고 재빠르게 문 밖으로
나갔다. '똑똑' 지팡이 소리만이 희미하게 들려왔다.

빌리도 그 소리를 듣고 있는 듯하다가 손에 쥐어 준 종이
쪽지를 펴 보더니 말했다.

"열 시? 그렇다면 아직 여섯 시간 남았구나. 여기서 빨리 빠져
나가면 시간은 있다!"

그리고 뛰어나가려는 듯 몸을 일으키다가 몸에 균형을 잡지
못하고 비틀거리며 마룻 바닥에 쓰러지고 말았다. 가느다란
신음 소리가 새어 나왔다.

"으으음……."

"큰일났다!"

짐이 급히 빌리 곁으로 다가갔을 때, 빌리는 이미 숨을 거둔

뒤였다.

"어머니, 큰일났어요! 선장이 죽었나 봐요!"

어머니가 곧 다가왔다.

"어째서 불행한 일들이 자꾸 일어나는지 모르겠다."

어머니는 울음 섞인 목소리로 말했다. 아버지의 장례를 치른
지 며칠 되지 않아 이제는 손님인 빌리가 죽게 되니 잇따른
불행이었다.

"짐, 이 일을 어찌하면 좋으냐? 이 손님이 그 동안 돈을 내지
않아, 우리 집에는 돈이 한 푼도 없다. 이 손님이 가진 돈은
없을까?"

어머니는 앞일이 막막해 짐에게 의논했다. 빌리가 주막에서
지내는 동안 그의 괴팍한 주정 때문에 손님이 끊겨서 장사를
할 수 없었다. 그런데다 빌리는 돈 한 푼 내지 않았고,
아버지의 장례까지 치르고 나니 이제 가난에 쪼들리게
된 것이었다.

"엄마, 선장이 돈을 좀 가지고 있을지도 몰라요. 선장이 늘
귀중히 여긴 상자 속에 뭔가 들어있을 거예요. 제가 열어
볼게요. 여섯 시간 뒤에는 아까 그 소경과 해적들이 온다고
했으니까 빨리 서둘러야 해요."

어머니는 짐의 말을 듣고 그렇게 하기로 했다.

"얘, 상자를 열다가 해적들이 오면 어떡하니? 우리를
해칠지도 모른다. 그러니까 마을 사람들을 많이 불러 오고,
리버시 선생님께 연락해 경찰도 보내라고 하는 게 좋겠다!"

어머니와 짐은 무서운 생각이 들어 견딜 수가 없었다.
눈을 부라리고 쓰러져 있는 선장의 흉측한 모습이 그들의
눈에 어른거렸다.

"어서 열어 보자. 짐, 앞문을 잠가라. 커튼도 내리고. 촛불을
켜야겠구나."

어머니는 밖에서 아무도 들여다보지 못하게 하고 촛불을 들고
빌리 곁으로 다가갔다.

"열쇠가 시체 주머니 속에 있을 텐데. 이를 어쩌지……."

어머니는 시체 앞에서 발을 구르며 말했다.

"엄마, 걱정 마세요. 제가 뒤져 볼게요."

짐은 용기를 내어 시체 가까이 다가갔다. 빌리는 두 눈을
부릅뜨고 입을 조금 벌리고, 손에는 종이 쪽지를 움켜쥐고
있었다. 종이 쪽지에는 '오늘 밤 열 시에 만나자.'라고만
씌어 있었다.

"시간이 별로 없어요."

그 때 마침 여섯 시를 알리는 시계 종 소리가 요란하게
들려왔다. 그들은 간이 콩알만해져서 한동안 마음을
진정시켰다.

"빨리 열쇠를 찾아라."

마음이 초조해진 짐은 떨리는 손으로 빌리의 주머니를
뒤졌다. 그러자 열쇠가 손에 잡혔다.

"빨리 상자를 열어 보자."

두 사람은 급히 이층으로 뛰어올라갔다. 빌리가 지내던 방
왼쪽에 커다란 상자가 덩그러니 놓여 있었다.

어머니는 상자를 열었다. 그러나 상자 속에는 값나갈 만한
물건은 없었다. 입던 옷가지와 해진 모자, 허리띠 같은 것이
아무렇게나 놓여 있었다. 그 속을 손으로 헤쳐 보니 밑바닥에
기름 가죽으로 싼 뭉치와 다 낡은 가죽 자루가 나왔다.

"어머니, 이게 뭘까요? 소중하게 보관한 듯한데요."

가죽 자루에서 금화가 나왔다.

"이 돈이면 저 사람의 밥값, 술값, 또 머무른 값을
치르고도 남겠구나. 그렇지만 나는 받을 만큼만 받겠다.
어서 금화를 세어 보자."

해적들이 습격해 오려고 하는 아주 위급한 상황인데, 짐

어머니는 금화를 세기 시작했다. 그녀는 지나칠 만큼 정직한
사람이었다.

자루 속에는 영국 화폐만 든 것이 아니었다. 세계 여러 나라의
돈이 마구 섞여 있어 그것을 일일이 가려 내는 일은 여간
힘들지 않았다. 그러나 어머니는 여전히 돈 세는 일을
계속했다. 그 때였다.

"어머니, 그 지팡이 소리가 들려요."

"뭐, 뭐라구?"

가슴이 철렁 내려앉은 어머니는 귀를 기울여 밖의 동정을
살폈다. 고요한 밤에 찬 공기를 뚫고 '똑똑 똑똑' 지팡이
소리가 들려왔다. 틀림없이 아까 왔던 피우라는 해적의
지팡이 소리였다. 열 시에 온다던 해적이 이렇게 빨리 올 줄은
몰랐다. 피우뿐만 아니라 여러 사람의 발소리가 섞여서
들려왔다.

"어머니, 빨리 도망가요."

"그래, 서둘러라!"

어머니는 골라 낸 금화를 움켜쥐고, 짐은 기름 가죽으로 싼
뭉치를 꺼내 들고 뛰어나왔다.

달님이 둥실 떠 있어 밖은 대낮같이 밝았다. 큰길로

도망쳤다간 들키고 말 것 같았다. 그래서 얼떨결에 근처 다리 밑으로 내려가 어머니와 함께 숨었다. 나뭇가지 사이로 집 쪽을 살펴보았다.

환한 달빛 아래 큰길 쪽으로 10여 명 가량 되는 해적들이 보였다. 그들은 급히 짐의 집으로 몰려가고 있었다. 해적들 가운데 앞을 못 보는 피우도 있었다.

그들은 주막 앞에 서서 무엇인가를 의논하는 것 같더니 피우가 벽력 같은 명령을 하는 바람에 모두 흩어졌다.

"이 바보 같은 녀석들아, 빨리 들어가란 말야!"

고양이에 놀란 쥐 처럼 그들은 쏜살같이 주막 안으로 들어갔다. 조금 뒤에 주막 안에서 매우 놀란 듯한 외침이 들려왔다.

"빌리가 죽었다!"

"뭐? 빌리가 죽어? 빨리 빌리의 몸을 샅샅이 뒤져. 보물 지도를 찾아야 한다. 주머니에 없으면 그 놈이 가져온 상자에 있을 거다."

"보물 지도는 보이지 않는다. 상자는 어디 있나?"

"이층으로 올라가 봐!"

피우는 해적들을 지휘하며, 지팡이를 짚고 이층으로 올라가는

계단을 두들기고 있었다.

이층에 있는 빌리의 방에 들어갔던 해적 한 명이 뛰어나오며
말했다.

"빌리의 방에 누가 들어갔었나 보다. 빌리의 옷 상자를 마구
흩어 놓았다."

"그럼 보물 지도도 없단 말이냐?"

"보물 지도 같은 건 그림자도 없어. 금화만 조금 있을 뿐이야."

"이 못난 녀석아, 금화는 무엇에다 쓰니? 그렇다면 이 주막
주인의 짓이다. 멀리 달아나지 못했을 거다. 빨리 이 근방을
샅샅이 찾아보도록 해라."

피우는 독이 잔뜩 올라 있었다. 숨어서 엿듣고 있던 짐과
어머니는 소름이 끼쳤다.

짐은 무심코 들고 나온 그 주머니가 저들이 찾는 귀중한
물건인 것을 알고 꽉 움켜쥐었다.

해적들은 사방으로 흩어져 짐과 어머니를 찾기 시작했다.

"이 놈들이 없어졌다. 멀리는 못 갔을 거다."

"붙잡기만 하면 가만두지 않을 테다."

짐과 어머니는 온몸에 식은땀이 흘러내렸다.

그 때였다. 어디선가 날카로운 호루라기 소리와 말발굽

소리가 들려왔다.

"누가 온다. 빨리 도망치자."

호루라기 소리를 들은 해적들은 뿔뿔이 흩어져 도망치기 시작했다. 그러나 피우만은 보물 지도에 대한 미련이 남아 자리를 뜰 수 없었다.

그는 도망치는 부하들을 마구 욕했다.

"이 못난 녀석들아, 혼자만 도망치냐? 빨리 보물 지도를 찾아라. 이제는 이 피우의 말도 들리지 않느냐?"

피우는 앞이 보이지 않아 빨리 움직일 수가 없었다. 지팡이로 땅을 탕탕 두드리며 부하들을 꾸짖기만 했다. 그러나 그는 방향을 잘못 잡고 해적들이 가는 쪽과는 반대쪽으로 갔다.

피우는 앞에서 몰려오는 말발굽 소리에 재빨리 근처 나무 덤불 속으로 피하려고 했다.

이 근처에는 짐도 숨어 있었다. 그러나 덤불 가까이 오려다가 피우는 돌에 부딪혀 넘어지고 말았다.

점점 가까이 들려오는 말발굽 소리에 당황한 피우는 일어나 피한다는 것이 그만 불행하게도 달려오던 말에 부딪치고 말았다.

피우의 죽음

"아악!"

비명과 함께 피우는 나가떨어지고 말았다. 쓰러진 피우의 몸 위를 따라오던 말들이 계속해서 짓밟고 지나갔다. 피우는 아무런 반응도 없었다. 짐은 숲에서 급히 뛰어나와 말을 탄 사람을 불렀다.

"아저씨들은 어디로 가는 누구신가요?"

"이 해안에 괴상한 배가 나타났다는 보고를 받고 세관에서 조사하려고 나왔다."

"아저씨, 방금 해적들이 여기 왔다가 저 쪽으로 도망쳤어요."

"뭐, 해적이라고? 플린트 선장의 일파들일 거다. 마을에서

주막 이야기를 들었다. 그 놈들은 잔인한 해적들이다.

뒤따라가 붙잡아야 한다.”

세관원은 말을 마치자마자 채찍을 내리치며 짐이 가리킨

쪽으로 급히 말을 몰았다. 그러나 벌써 해적들의 배는 저만큼

가고 있었다.

“배를 멈춰라!”

외쳐 보았지만 그들은 놀리는 소리를 보낼 뿐이었다.

그 때였다.

“탕!”

배에서 쏜 총알이 해안에 있던 세관원의 모자를 떨어뜨렸다.

그들은 말머리를 돌려 주막으로 돌아왔다.

“한 발짝만 먼저 왔더라면 저 놈들을 몽땅 잡았을 텐데,

아까운 일이다.”

짐과 어머니는 이제 집에 있어도 무서울 것이 없을

것만 같았다.

“당신들은 이 끔찍한 사건을 치르고 무서웠을 텐데, 앞으로

어떻게 할 거요?”

세관 책임자는 짐 어머니에게 친절하게 물었다.

해적들은 그 짧은 시간 동안 온 집 안을 뒤져 아수라장을

만들었다. 여기서 두 사람이 밤을 지낸다는 것은 상상도 하기
힘든 일이었다.

이 사건의 앞뒤를 알려면, 멀리 18세기에 유럽과 대서양을
휩쓸던 플린트 선장의 이야기로 거슬러 올라가야 한다. 그는
파란 많은 생애를 바다에서 보냈고, 많은 이야기들을 세상
사람들에게 남겨 주었다.

서기 1760년경 영국은 바다로 모험을 떠나는 젊은이들이 많아
나라의 힘을 밖으로 뻗어 가고 있었다.

그 당시 바다 지도에도 나타나지 않은, 대서양 한가운데 있는
흉측하고 이상하게 생긴 무인도가 있었다.

섬을 멀리서 바라보면 사면이 깎아지른 듯한 절벽으로
둘러싸여 있고, 철썩철썩 성난 파도가 바위와 암초에 부서져
눈처럼 흰 거품을 뿜어 냈다.

이러한 광경은 보기만 해도 무서워 누구도 감히 배를 가까이
댈 수 없을 정도였다.

그러나 자세히 살펴보면 이 섬에도 볼 만한 곳이 두 군데
있었다. 하나는 남쪽의 해골섬이라고 불리는 조그마한
섬인데, '키튼 항' 이라고도 한다. 그리고 다른 하나는 섬

동쪽의 아름다운 천연 항구로, 좁고 긴 수로가 열려 있어
멀리서 보면 넓은 자루를 펼쳐 놓은 것 같은 모습을 하고
있었다.

이 섬은 18세기경 대서양을 휩쓸고 다니던 해적들이 비밀
근거지로 삼고 있던 곳이다. 그 때 유럽 사람들은 항상 푸른
제복을 입고 다닌다고 하여 그들을 '청의 해적'이라고
불렀고, 어른이고 아이고 이 해적에 대해 모르는 사람이
없을 정도였다.

그 날 밤에도 돛대가 셋 달린 육중한 해적선 한 척이
동쪽에 있는 천연 항구에 정박하였다. 밝은 달빛이 바다 위에
비치자 흐릿하게 뱃머리에 쓰여진 해왕호라는 이름이
어렴풋이 보였다.

해왕호라면 영국의 청의 해적 중에서도 가장 무서운
플린트 선장이 이끄는 배였다.

해왕호 갑판에는 사람의 그림자라고는 하나도 보이지 않았다.
그러나 갑판 밑 선실에서는 창문을 통해 불빛이 새어 나왔고,
간간이 호탕한 웃음소리가 멀리까지 들려왔다. 오늘도 럼주에
취한 해적들이 긴 항로의 피로를 풀려고 술판을 벌이고
있었다. 그들의 거친 목소리에 섞여 괴상한 해적

노랫소리도 들려왔다.

해골섬에 열다섯 사나이
표류하였으나 럼주는 한 병뿐
로호호 로호호 어찌할 거나.

한 사람이 부르던 노랫소리는 금세 합창으로 변해 배가
떠나갈 듯했다. 아마도 그들은 많이 취한 것 같았다.
이 때였다. 소란한 선실을 살짝 빠져 나와 갑판 위로 올라온
체격이 늠름한 한 사나이가 있었다.
푸른 빛깔의 웃옷을 입은 그의 어깨는 떡 벌어지고, 허리에서
다리 쪽으로 길게 내려간 그의 몸매는 강철 같은 근육이 솟아
있었다. 또 허리에는 긴칼을 차고 있었다. 이 사나이가 바로
세상 사람들이 모두 무서워하는 해적 왕 플린트 선장이었다.
그는 커다란 눈으로 쏘아보는 듯 갑판 위를 휘둘러보고는
선실에서 술에 취해 떠드는 소리에 귀를 기울였다. 그러다가
승강구 밑을 내려다보며 날카로운 휘파람을 불었다. 그러자
승강구에서 괭이와 삽을 멘 선원이 나왔다. 그 뒤를 따라
묵직한 나무 상자를 하나씩 둘러멘 선원 세 사람이

낑낑거리며 올라왔다.

"급히 서둘러야 한다. 날이 밝기 전에 배에 돌아와야 해."

플린트 선장은 선원 네 사람에게 말하고는 앞장서서 배의 사다리를 타고 내려갔다. 이어서 부하 네 사람도 아무 말 없이 그 뒤를 따랐다.

사다리 밑에는 서너 개의 보트가 밧줄에 매인 채 떠 있었다. 선장과 선원 네 명은 그 중 한 대의 보트에 올라 물건을 다 싣고는 굵은 노를 저어 바다로 나아갔다.

플린트 선장이 키를 잡았다. 보트는 잔잔한 물살을 헤치고 육지를 향해 조용히 나아갔다.

보트가 모선을 떠나 100미터쯤 갔을까? 갑판 돛대 밑에 갑자기 검은 그림자 하나가 나타났다.

'이상하다? 선장이 저런 멍텅구리들을 데리고 이 밤중에 어딜 가는 걸까? 저기 실은 저 묵직한 상자는 대체 무얼까? 혹시 빼앗아 온 보물 중에서 선장이 몰래 빼돌리려고 하는 것은 아닐까? 그럴 리야 없겠지……. 한번 뒤를 밟아 비밀을 알아 내 볼까? 그러나 안 될 말이지. 들키는 날이면 내 목숨은 달아나고 말 거다. 그렇지만 보물을 감춰 둔 장소만은 알아 두고 싶다.'

사나이는 이렇게 생각하고 잠시 주저하다가 배의 사다리를
타고 내려갔다. 이 사나이는 벤건이라는 선원인데, 해적들
사이에서는 별로 알려지지 않은 인물이었다.

벤건은 옷을 훌훌 벗어 버리고 물 속으로 조용히 뛰어들어
소리 없이 헤엄쳤다. 플린트 선장이 탄 보트는 어느 새 해안
가까이까지 닿아 있었다.

벤건이 뒤쫓아오리라고는 꿈에도 생각지 못한 플린트 선장은
곧 해안에 도착했다. 모래사장을 조금 걸어 올라가면 열대
식물들이 무성하게 자란 깊은 숲이 있었다. 플린트 선장이
앞장서고, 삽과 괭이를 든 사나이가 그 뒤를 따르고, 나머지
상자를 든 선원들이 한 줄로 따르며 숲 속 깊숙이 들어갔다.
숲 속은 달빛도 제대로 받지 못해 캄캄했지만, 선장은 길이
익숙한 듯 거침없이 나아갔다. 그러면서 짐이 무거워
쩔쩔매며 미처 뒤따르지 못하는 부하를 향해 소리쳤다.

"혼자 떨어져 길을 잃으면 독사에게 물려 죽고 만다."
겁을 주려하는 말만은 아닌 것 같았다.
부하들은 다리가 휘청거리고 숨이 차서 헐떡거리며 자꾸만
뒤처졌다.

"에이, 쓸모 없는 녀석들. 그럼 잠깐만 쉬어라."

선장은 주머니에서 쌈지를 꺼내 파이프에 불을 붙였다.

"우리가 보물을 감추어 두는 장소에 대해서는 아무에게도 말해서는 안 된다. 빌리나 키잡이 실버, 선원장 피우 등 어떤 놈들한테도 말해서는 안 된다. 보물을 감춰 둔 장소를 너희들한테만 알려 주는 것은 너희들이 아직 젊고 장래성이 있다고 생각했기 때문이다. 그러니까 열심히 일하란 말이다."

선원 네 명은 해적들이 탄 배에 들어온 지 얼마 안 되는 풋내기들이었다. 시골에서 머슴살이를 하던 사람도 있고, 어부였던 사람도 있었다. 그래서 마음은 순박하고, 몸은 단단했다. 흉악한 해적이 되려면 상당히 오랜 세월이 흘러야 할 사람들이었다.

네 명의 선원이 힘겹게 무거운 상자를 옮기고 있을 때였다. 누군가 나타나 플린트 선장과 선원들을 어딘가로 안내했다. 선원들은 깜짝 놀라 안내인을 바라보았다. 플린트 선장은 네 사람이 놀라거나 말거나 아랑곳하지 않고 긴칼을 질질 끌며 불쑥 나타난 안내인이 손으로 가리키는 방향으로 정확하게 50보를 걸어갔다.

잣나무가 무성한 숲이었다. 그 숲 가운데 큰 나무를 찍어 낸 듯한 나무 그루터기가 삼각형 모양으로 세 개 있었다.

플린트 선장의 흉계

"이 삼각형 한가운데를 파라."

플린트 선장은 얼떨떨해 있는 부하들에게 명령했다.

그들은 무거운 나무 상자를 내려놓고 괭이와 삽으로 땅을

파기 시작했다.

뒤따라온 벤건은 일이 되어 가는 것을 하나도 놓치지 않고

낱낱이 보고 있었다. 그는 놀라움과 두려움에 가슴을

두근거리며, 숲 사이로 살며시 고개를 빼고 모든 것을 엿보고

있었던 것이다.

"삽 끝에 뭐가 걸린다!"

땅을 파던 사람이 소리쳤다.

"음, 그건 전에 묻었던 상자다. 그럼 그 옆을 파라."

플린트 선장이 지휘하는 것을 호기심에 가득 차 엿보던
벤건은 마음 속으로 빙그레 웃었다.

'흠, 역시 내 예측이 맞았구나.'

벤건이 엿보고 있는 것을 알지 못한 플린트 선장은 부하들을
독촉했다.

"꾸물거리지 말고, 빨리 해!"

부하들은 선장의 속셈을 짐작했다.

선장의 비밀스런 일에 자기들만 가담한 사실이 뿌듯하고
자랑스럽기까지 했다.

"좋아, 그 정도만 파. 가져온 나무 상자를 묻어라."

파 놓은 땅은 굴처럼 깊고 넓었다. 그러자 한 사나이가 굴
밖으로 기어나오는 듯하더니 굴 속에 있는 세 사람에게
묵직한 상자를 하나씩 내려보내 주었다. 상자 세 개가 전부 굴
속에 내려졌다고 생각될 때였다.

'탕!' 요란한 총 소리가 고요하던 섬을 흔들었다.

"악……."

무서운 비명을 지르며 위에 있던 사내가 쓰러져 굴 속으로
굴러 떨어졌다.

잔인한 플린트 선장은 화약 연기가 나는 총구를 굴 속으로 들이대고 나머지 세 사람을 겨누었다.

"앗! 선장님, 선장님……."

"제발……, 목숨만 살려 줍쇼."

공포에 떠는 세 사람의 절규가 울려 퍼졌다. 그러나 플린트 선장은 까딱 않고 말했다.

"보물을 감춰 둔 곳을 누구도 알아서는 안 된다. 너희들이 알게 되었으니, 입을 막아 버려야겠다."

"아, 그건…… 그…… 그건……."

"선장님, 목숨만……."

세 사람은 떨면서 살려 달라고 애원했다. 그러나 또다시 세 발의 총성이 밤 하늘에 울려 퍼졌다.

선장은 자신을 위해 몸을 아끼지 않고 일해 온 부하들을 무참히 죽인 것이었다.

"됐어, 이제 흙만 덮어 두면 되는 거야."

선장은 만족한 미소를 지으며 권총을 다시 허리에 찼다.

선장은 이 같은 방법으로 부하들을 많이 죽였을 것이 틀림없었다. 잔인한 플린트 선장은 자기 손으로 죽인 부하의 해골로 보물을 감추어 둔 장소를 표시해 두었을 것이다.

플린트 선장은 삽을 들고 굴을 메웠다. 20미터도 채 되지 않는
가까운 거리에서 이 광경을 모두 지켜본 벤건은 몸이 떨려
꼼짝할 수가 없었다.

빨리 그 자리에서 도망쳐야겠다고 생각했지만, 발이 떨어지질
않았다. 벤건은 그만 실수하여 참나무에 몸을 부딪치고
말았다. 그러자 나뭇잎들이 흔들리는 소리가 났다.

"음……?"

플린트 선장의 눈초리가 사방을 뚫어지게 훑어보다가 한쪽을
향해 멎었다. 대낮같이 밝은 달빛 아래에서 두 사람의 얼굴이
마주치고 말았다.

"벤건 아니냐?"

쏘아보는 듯한 눈초리에는 무서운 살기마저 감돌았다. 선장은
삽을 집어던지고 칼을 쑥 빼 들었다. 그러고는 한 발 한 발
다가왔다.

보물을 감춰 둔 비밀은 말할 것도 없고 부하 네 명을 죽인
것까지 탄로나게 되었으니, 선장이 어떤 태도로 나오리라는
것은 너무도 뻔한 일이었다.

벤건은 머뭇거리다가 정신 없이 어둠 속으로 뛰기 시작했다.

"벤건, 섰거라! 서지 않으면 쏜다."

독기에 찬 플린트 선장의 목소리가 뒤쫓아왔다. 벤건은
목숨을 내걸고 뛰었다. 숨이 다할 때까지 뛰고 또 뛰었다.
얼굴과 손발이 나뭇가지와 가시에 걸려 마구 찢어지고 상처가
났으나 그것을 가릴 틈이 없었다.
"할 얘기가 있어, 벤건. 서랏!"
플린트 선장의 숨찬 목소리는 30미터도 떨어지지 않은
거리에서 들려왔다.
"벤건, 무서워할 것 없다. 말하면 알 거야. 거기 서라."
아무리 바보 같은 벤건이라도 오랫동안 플린트 선장 밑에서
부하 노릇을 했기 때문에 도망치다 말고 설 사람은 아니었다.
그러나 도망쳐서 배에 돌아간다 해도 선장은 기어코 붙잡아
죽이고 말 것이다.
벤건은 배로 가지 않고 도망쳐서 섬 어디에 숨어야 했다.
그러나 해왕호가 섬을 떠나면 어떻게 된단 말인가? 이렇게
황폐한 무인도에 혼자만 남게 된다는 것은 생각만 해도
몸서리가 쳐지는 일이었다.
"벤……, 벤! 서지 않으면 쏜다."
플린트 선장은 소리쳤다. 그러나 마침내 벤건의 운명도 끝날
시간이 온 것 같았다.

정신 없이 달아나던 벤건은 자기도 모르는 사이에 바닷가로
나오고 만 것이었다. 얄궂은 운명이다! 뒤에서는 플린트
선장의 무시무시한 칼날이 번득이고, 앞은 깎아지른 듯한
절벽과 넓은 바다뿐이니…….

달빛 아래서 고양이 앞의 쥐처럼 허둥대는 벤건의 모습을 본
플린트 선장은 입가에 웃음을 머금고, 오른손에 쥐었던 칼을
왼손에 바꿔 쥐었다. 그리고 허리에서 권총을 빼 들었다.

"벤건, 아까 본 비밀은 지옥에나 가서 폭로해라.

하하하! 자, 받아라."

탕! 요란한 총 소리가 밤 하늘에 울렸다.

"악!"

외마디 소리와 함께 벤건은 낭떠러지 밑으로 돌멩이처럼
굴러 떨어졌다.

"녀석, 꼴 좋다!"

플린트 선장은 숨을 헐떡이며 권총을 허리에 꽂고는 이마의
땀을 씻었다. 그리고 파도가 몰아치는 바다를 내려다보았다.
벤건의 그림자는 보이지 않았다.

"이제 보물을 감춰 둔 장소를 아는 사람은 아무도 없다."

플린트 선장은 매우 통쾌한 웃음을 터뜨렸다. 그리고 바위에

털썩 걸터앉아 주머니에서 보물 지도를 꺼내, 방금 묻어 둔
보물 상자가 있는 곳에 표시를 하고 날짜를 써 넣었다.

다음 날, 해왕호는 아무 일도 없었다는 듯이 섬을 떠나 유럽을
향해 나아가고 있었다.

세 개의 큰 돛대는 바람을 잔뜩 안고 뱃머리는 푸른 물결을
차면서 경쾌한 속력으로 달리고 있었다. 이 갑판에 서서
선원들을 호령하는 사람은 플린트 선장이었다.

어깨가 넓은 늠름한 체격, 잔뜩 찌푸린 험상궂은 얼굴, 독수리
주둥이같이 날카로운 코, 표범같이 빛나는 눈초리 등 아무리
보아도 좋은 인상은 아니었다. 게다가 긴칼을 끌며
아무에게나 욕설을 퍼부어, 선원들은 무서워 꼼짝 못 하고
시키는 대로 열심히 일을 했다.

그의 곁에는 왼쪽 뺨에 시퍼런 칼자국이 있는 일등 항해사
빌리와, 언제나 앵무새를 어깨에 앉히고 명랑한 노래만
부르는 키잡이 실버, 알코올 중독으로 코끝이 빨갛고 플린트
선장보다도 더 엄격하다는 선원장 피우 등이 서 있었다.

이 세 사람은, 플린트 선장의 오른팔이 될 만큼 충실한
부하들이었다.

"선장, 오늘은 커다란 보물선이라도 만날 것 같은데요."

잠시도 입을 가만히 놓아 두지 않는 실버는 키를 잡은 채 싱글벙글하며 선장에게 한 마디 했다. 해적답지 않게 그는 흰 살결을 가진 멋진 얼굴이었다.

"음……."

플린트 선장은 말이 없었다.

"그건 그렇고, 어제 저녁에도 행방 불명된 놈이 다섯이나 되는데 어찌 된 일인지 모르겠습니다. 설마하니 저런 무인도에서 도망칠 리도 없는데."

키잡이 실버는 이렇게 말하며 일부러 플린트 선장을 뚫어져라 바라보았다. 실버는 어젯밤 몹시 취했어도 벤건을 비롯한 다섯 명의 풋내기 선원이 행방 불명된 것을 눈치채고 있었다.

플린트 선장은 이마에 무서운 주름살을 짓고 잔뜩 찌푸리며 잠자코 있다가 입을 열었다.

"신입 선원 네 명과 벤건이란 놈이 없어졌더군! 벤건의 푸른 제복과 바지는 사다리 밑에 벗어 놓았다고 하던데, 정말 너무 취해서 이 놈이 바닷물에 뛰어들었나?"

선원장 피우도 이상한 일이라는 듯이 얼굴을 갸우뚱하며 말을 거들었다.

"그 놈들이야 뭐 대단한 녀석들이 아니니까, 없어져도

그만이지. 그런데 선장, 어제 저녁에 저 섬에
상륙했었지요?"
얼굴에 흉터가 있는 빌리는 넌지시 물으면서 실버를
힐끗 바라보았다. 실버도 슬쩍 한쪽 눈을 감으면서
의미 있는 눈짓을 했다. 어쩌면 이 두 사람은
어젯밤에 일어났던 선장의 비밀을 모두 눈치채고
있는지도 몰랐다. 그러기에 오히려 모르는 체하고

이런 질문을 하는 것인지도 몰랐다.

그러나 선장은 얼굴을 찌푸린 채 아무 대꾸도 하지 않았다.

오히려 대답을 피하려는 듯이 한 선원에게 욕을 퍼부었다.

"야, 이 검둥이 새끼야, 무얼 꾸물거리고 있냐? 그 닻줄을 더

당겨. 바보 같은 짓을 하고 있으면 죽여 버린다."

야단을 맞은 검둥이 선원이 놀란 강아지처럼 어쩔 줄

모르고 허둥댔다.

그 때였다. 돛대 앞에서 경비를 보고 있던 포수가 큰 소리로

외쳤다.

"선장님, 큰 배가 보입니다."

플린트 선장은 망원경을 빼 들었다.

"배가 보인다, 배가 보인다!"

키잡이 실버는 재빨리 오른쪽으로 키를 돌리면서 말했다.

"어이 한스, 이 방향이 맞나?"

"오케이, 꼭 맞았다. 됐어."

돛대에서 한스의 목소리가 들려왔다.

"어떻게 할까요, 선장님?"

빌리가 망원경을 뚫어지게 대고 있는 선장에게 물었다.

"상선인가요, 군함인가요?"

그들은 선장에게 열심히 물었다. 그들의 머릿속에 어젯밤 일은 이미 까마득히 사라지고 없었다. 그들은 먹이를 만난 짐승처럼 흥분하고 있었다.

선장은 얼굴을 찌푸린 채 아무 일도 아니라는 듯이 냉랭하게 말했다.

"글쎄, 굉장히 큰 군함 같군."

"군함이오?"

그들은 되물었다.

"그렇다. 저 배 모양을 보니 언젠가 본 기억이 난다. 프랑스의 '루이 3세호' 같다."

영국의 해적들이 가장 만만하게 생각하고 가장 많이 습격한 배는, 당시 인도 방면으로 무역을 하고 있던 프랑스 상선이었다. 이들을 습격하면 값진 보물들을 많이 빼앗을 수 있었다. 이러한 일이 빈번해지자 프랑스는 큰 손실을 입게 되어 내버려 두고만 있을 수 없었다. 그래서 군함을 태평양과 대서양에 파견하여 자기 나라 상선들을 보호했다.

이따금 프랑스 군함과 해적선들이 만나면 치열한 해전이 벌어졌다.

멀리 보이는 배가 프랑스 군함이라고 하자, 해적들에게는 사나운 피가 끓어올랐다.

영국 사람들은 사면이 바다로 둘러싸인 조그마한 섬나라에
살았지만, 세계 곳곳에 수많은 식민지를 거느릴 수 있었다.
이는 뱃사람들의 기질과 정복욕, 모험심이 많았기 때문이다.
그런데 해왕호가 만난 군함은 만만한 군함이 아니었다.
프랑스 해군에서도 이름난 배로, 크기도 영국의 해적선보다
몇 배나 컸다. 장비나 군사력도 해적선보다 훨씬 우세했다.
전속력으로 마주 보고 달려오던 배는 마침내 해왕호
가까이 왔다.

플린트 선장이 말한 것처럼 그 배는 과연 루이 3세호였다. 두
배는 공격 태세를 취해, 바다 가운데는 긴장감이 감돌았다.
"모든 사람은 전투 준비를 하라! 전투 준비!"
플린트 선장은 미친 사람처럼 외쳤다. 그러나 해적들은
선장의 명령이 떨어지기도 전에 벌써 싸울 준비를
하고 있었다.
"너희들은 어느 나라에서 온 놈들이냐?"
루이 3세호에서 물어 왔다. 해왕호는 언제나 상선을 가장하고
있었기 때문이다. 배에 있는 무기들도 밖에서는 보이지 않게
했다.

루이 3세호에서의 선원들은 서서히 다가오는 배가

해적선이라고는 꿈에도 생각지 못했다.

" '우리는 스페인의 상선이다. 너희들은 누구냐?'고 물어라."

플린트 선장은 이렇게 명령했다. 루이 3세호는 이상하게

생각하는 듯했다.

"멈춰라, 멈춰라!"

계속하여 멈추라고 하더니 별안간 요란한 공포를 쏘기

시작했다.

위협해서 멈추게 하려는 것이었다.

루이 3세호의 갑판과 주위가 하얀 연기로 뒤덮였을 때였다.

"발사!"

플린트 선장의 명령이 떨어졌다.

'탕! 탕! 탕!'

배에 있는 대포들이 한꺼번에 포문을 열었다.

군함은 가까이에 있어 거리를 맞추기가 좋았다. 거기다

군함은 해왕호보다 세 배는 컸다. 해왕호의 일제 사격으로

루이 3세호에는 네 개의 포탄이 명중했다. 검은 연기와 불꽃이

일어나며, 나무 조각 파편들이 바닷속으로 우박처럼 쏟아져

내렸다. 커다란 구멍이 네 군데나 났다.

"맛 좀 봐라, 자식들!"

해적들은 기뻐서 어쩔 줄 몰랐다.

포탄 한 발이 기관실 근처에 맞아, 루이 3세호에는 파도가
몰아칠 때마다 바닷물이 폭포처럼 밀려 들어왔다. 군함의
병사들은 그것을 막느라 정신이 없었다.

불시의 공격에 군함에는 시체들이 산같이 쌓여 갔다. 곳곳에
피비린내가 진동했다. 해적들은 수류탄을 군함에 던졌다.
수류탄들은 소나기처럼 군함의 갑판에 떨어졌다. 갑판은 검은
연기와 불꽃으로 수라장이 되고, 소총을 갈겨 대던 병사들이
전멸했다.

그뿐 아니라 마지막으로 던진 수류탄 하나가 군함의 화약고에
명중하여, 천지를 진동하는 듯한 폭음과 함께 군함의 돛대는
밑둥이 꺾이며 바닷속으로 떨어졌다. 불꽃 기둥이 하늘을
치솟고, 산산이 부숴진 군함의 파편이 해왕호의 갑판에까지
날아왔다.

육중했던 군함은 한가운데가 서서히 두 동강이 나더니 옆으로
쓰러지며 푹 거꾸러지고 말았다.

이 치열한 전쟁은 불과 몇 분 사이에 벌어졌다. 조금 전까지만
해도 프랑스 해군의 정예선으로 위용을 자랑하고 있던 루이

3세호가 침몰로 끝을 맺고 만 것이다. 그러나 해왕호 역시 만신창이가 되었다. 선체는 벌집 모양으로 구멍이 뚫리고 그 사이로 바닷물이 마구 쏟아져 들어왔다.

산더미처럼 쌓인 송장과 피투성이가 된 선원들의 신음 소리와 비명 소리가 요란했다. 그러나 불행 중 다행으로 그 배에는 의사 한 사람이 있었다. 이 의사 덕분에 부상을 입은 해적들은 간신히 목숨을 건졌다. 중상을 입은 사람 가운데 가장 심한 사람은 플린트 선장이었다. 그는 허벅지에 큰 파편을 맞고 가슴에도 총탄을 두 개나 맞았다.

"선장이 이 상태로 살 수 있겠나?"

손끝 하나 상하지 않은 빌리가 의사에게 물었다.

"글쎄, 가망이 없을 것 같군. 오늘 밤이 고비네."

플린트 선장은 상처가 심해 어디서부터 손을 써야 할지 알 수 없었다. 그러나 정신만은 똑똑한지 신음처럼 간신히 말했다.

"이것 봐, 나 술 한 잔만 주게. 목이 타서 죽겠네."

의사는 실버의 상처를 럼주로 씻어 내었다. 실버는 포탄으로 왼쪽 다리가 부러져 달아났다. 그래도 살아난 것만이 다행이라는 듯 웃음까지 띠며 말했다.

"고맙네. 내 왼쪽 다리 좀 봐 주게. 어쩐지 거기서 불이

나는 것 같네."

아직도 다리가 붙어 있는 줄로 아는 모양이었다.

선원장 피우도 살았으나 장님이 될 수밖에 없다고 의사는
빌리에게 말했다.

이렇게 모두 완치될 수 없는 상처를 입어 배의 지휘권은
빌리에게로 넘어갔다. 배는 구멍 뚫린 곳을 틀어막아 선체가
가라앉는 것을 겨우 모면했다. 그러나 이런 상태로 계속
항해한다는 것은 힘든 일이었다. 빌리는 하는 수 없이 지도를
펴 놓고 정박할 곳을 찾았다.

바다의 왕이라고 누구나 인정하던 해왕호도 무서운 상처를
입고 보니 어찌할 도리가 없었다. 다행히 날씨가 좋아
바닷물이 잔잔해 그런 대로 천천히 배를 몰고 갈 수 있었다.
그 날 밤을 넘기기 힘들 것이라던 플린트 선장은 예상 외로
목숨을 부지하고 있었다. 오랜 바다 생활에서 단련된
육체여서 생명을 좀더 연장할 수 있었는지 모른다.

거의 죽은 상태로 누워 있는 선장의 침실로 조용히 들어서는
한 사나이가 있었다. 외투깃을 올리고 모자를 푹 눌러써서
누구인지 분간할 수 없는 그림자였다.

보물 지도

그 때였다. 플린트 선장이 눈을 무섭게 부릅뜨며
신음하듯이 말했다.

"음, 으으음……. 벤건, 자크."

방 안에 들어선 사나이는 플린트 선장의 갑작스런 행동에
몹시 당황한 듯했다. 플린트 선장은 여전히 눈을 부릅뜨고
뚫어지게 천장을 쏘아보았다. 동정을 살피던 사나이는 선장의
행동에 안심이 되었는지 선장 곁으로 태연히 다가섰다.

"선장, 아직도 아픈가?"

사나이는 빌리였다.

"전투 준비, 일제히 사격하라!"

플린트 선장은 어떤 환상이 보였는지 이렇게 외치며 몸을 일으키려 했다. 이 모습을 본 빌리는 안심할 수 있었다.

"그러면 그렇지. 이제 다 틀린 놈이군!"

선장이 몹시 다쳐 제정신이 아닌 상태라는 걸 알았다. 그리고 짐짓 모르는 체하며 선장의 얼굴을 들여다보고 말했다.

"선장, 보물을 감춰 둔 장소는 어디인가?"

부하들 중 선장이 몰래 보물을 감춰 두었다는 사실을 모르는 사람은 하나도 없었다. 그러나 그 보물을 어디에 감춰 두었는지 아는 사람은 없었다. 선장은 보물을 감춰 둘 때 새로 들어온 선원을 데리고 가서 아무도 모르게 땅에 묻게 하고는 그들을 모두 죽여 버렸기 때문이다.

플린트 선장은 치밀한 계획으로 아무도 눈치채지 못하게 했지만, 그래도 보물을 어디엔가 감춰 두고 있다는 사실만은 말에 꼬리를 물고 자꾸 번져 나갔다.

빌리는 플린트 선장이 보물을 감춰 두고 반드시 그것을 지도에 그려 놓았을 것이라고 생각했다.

"선장, 자네는 이제 죽어 가는 몸일세! 아무리 고집부려도 소용이 없네. 감춘 지도를 빨리 내놓는 게 좋을 거야."

빌리는 지도를 찾으려 이제 선장의 몸을 뒤질 작정이었다.

그러나 몸을 흔들어 보아도 선장은 아무런 대답이 없었다.
눈을 무섭게 부릅뜬 채 천장을 쳐다보고 있지만 벌써
눈동자는 빛을 잃었고, 입술은 차갑게 잿빛으로 굳어졌다.
플린트 선장은 기어코 그 파란 많은 생애를 이렇게
비참하게 끝마쳤다.
"이것 봐, 죽었어?"
빌리는 떨리는 손으로 선장의 몸을 빠르게 뒤지기 시작했다.
피로 뒤범벅된 웃옷과 바지, 속옷 등 아직도 따뜻한 체온이
남아 있는 그의 몸 속을 이리저리 뒤져 보았다. 그러나 지도
같은 것은 찾을 수가 없었다.
"어디에 감춰 두었을까?"
있을 만한 곳은 다 찾아보았으나 결국 지도는 나오지 않았다.
빌리는 선장의 몸을 다시 한 번 샅샅이 뒤져 보기로 하고 등
뒤로 손을 넣어 보았다. 그러자 등에서 바삭바삭하는 종이
소리가 났다. 빌리는 급히 선장의 속옷 셔츠를 찢었다.
그러자 기다렸다는 듯이 그의 허리춤에서 소중하게 접힌 종이
뭉치가 나왔다.
"이거다!"
빌리는 기뻐서 소리를 지를 뻔했다. 입구 쪽을 바라다보니

다행히 사람의 그림자는 보이지 않았다.

"살았다!"

빌리는 안도의 한숨을 내쉬고 조심스럽게 종이 뭉치를 펴 보았다. 가슴이 두근거리고, 이마에서는 식은땀이 흘러내렸다. 그것은 틀림없이 보물을 감춰 둔 곳을 기록한 보물 지도였다.

그 지도에는 언뜻 보기에도 X표가 여러 군데 그려져 있었다. 파선될 뻔한 배를 이끌고 간신히 어느 해안에 다다르던 날이었다. 배는 저녁에 육지에 닿았는데, 그 날 밤 임시 선장인 빌리는 동료 선원들과 배를 버리고 어디론가 자취를 감추고 말았다.

플린트 선장이 감춰 두었던 지도를 빼앗은 빌리는 더 이상 배에 머물 수 없었던 것이다. 배에 남아 있던 선원들은 빌리를 죽일 놈이라며 분해했다.

"그 녀석이 플린트 선장의 보물을 혼자서 차지할 생각이겠지만, 어림없지."

너나할것없이 모두 한 마디씩 했다.

"우리가 그 보물을 어떻게 빼앗은 건데? 우리의 목숨을 걸고 싸워서 얻은 보물이란 말이야. 그것을 제가 혼자서 차지해?"

플린트 선장이 죽고 빌리가 도망치자, 그들의 두목감은
다리가 하나 부러진 실버뿐이었다. 그러나 배는 파손되어 더
이상 쓸 수 없게 되었고, 관록 있는 해적들은 지난번 싸움에서
모두 죽어 옛날처럼 기세를 회복할 가망은 없었다.
"우리가 이렇게 재기할 가망이 없게 된 것은 모두 빌리
때문이다. 플린트 선장이 감춰 둔 보물만 찾을 수 있다면,
옛날보다 더 큰 배를 사고 훌륭한 선원들을 많이 뽑을 수 있을
텐데. 빌리가 보물 지도를 가지고 도망쳤으니, 우리 처지가
한심하게 되었다. 빨리 빌리 녀석을 잡아야 한다."
실버는 부하들을 부추겼다. 이 때부터 해적들은 뿔뿔이
흩어져 빌리를 찾기 시작했다.
빌리도 부하들이 자기를 찾고 있으리라는 것을 알고 있었다.
빌리는 원래 조심성 있는 인물이라, 교묘하게 여기저기 숨어
다녔다. 때로는 먼 나라로 가는 배를 타기도 하고, 다른
나라에 가서 이름을 바꾸고 변장을 하고 다니기도 했다.
그러나 해적 출신인 그가 몇십 년 동안 몸에 익힌 성격이나
거친 행동은 숨긴다고 숨겨지는 것이 아니었다. 어디를 가나
술고래가 되어 주정부리기가 일쑤고, 싸움을 잘 했다.
이런 행동 때문에 가는 곳마다 그는 미움을 샀다. 어디를 가나

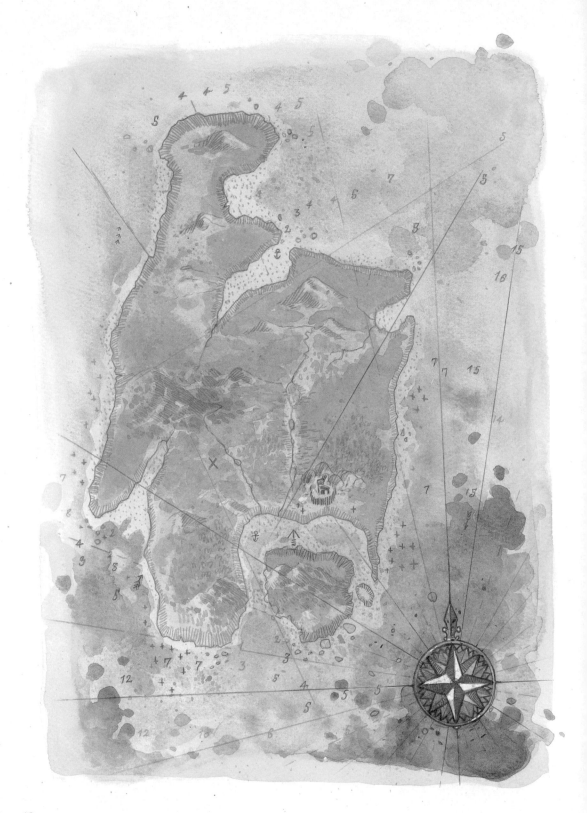

평판이 좋지 않아 그 지방에서 유명한 인물로 알려지곤 했다.
해적들은 이런 소문을 들으면 어김없이 뒤쫓아오곤 했다.
"틀림없이 빌리다."
눈치 빠른 빌리는 자기를 쫓는 사람이 있다는 걸 알면
곧 다른 지방으로 옮겼다. 이러한 숨바꼭질이
계속되는 가운데 오랜 세월이 흘렀다.
이곳저곳 안 가 본 데 없이 도망쳐 다니기만 하던 빌리도
조금씩 지치고 쇠약해져 갔다. 거기다가 독한 술을 매일
마셨기에 몸이 약해졌던 것이다. 그리고 오랫동안 외국으로
숨어 다니다 보니 본국에 돌아가 쉬고 싶은 생각이 들었다.
그래서 그는 영국으로 가기로 마음먹었다.
빌리는 일꾼을 시켜 가방을 손수레에 실어 끌게 하고,
한적한 시골길을 찾아갔다. 그러던 어느 날, 바닷가의
조그만 한 마을에 이르렀다.
"이 곳은 사람이 별로 없군. 마음에 드는 조용한
여관이 있으면 여기서 좀 쉬어야지."
그는 쉬고 싶은 마음뿐이었다.
이렇게 하여 우연히 짐의 집에 온 빌리는 조용하고 평화로운
가정에 끔찍한 사건을 몰고 오게 된 것이다.

짐, 모험을 시작하다

무서운 사건을 겪고 난 짐과 어머니는 더 이상 주막에 있을

수가 없었다. 그래서 의사인 리버시 씨를 만나 도움을 청하는

것이 좋을 것이라고 생각했다.

짐은 기마대원 말안장 뒤에 매달려 가기로 하고, 어머니는

기마대원들이 마을까지 데려가기로 했다.

두 사람은 리버시 씨 집에 도착했다. 그러나 리버시 씨는

트렐로니 씨 집에 가고 없었다.

트렐로니 씨는 이 지방에서는 가장 잘 사는 부자로, 모르는

사람이 없었다.

"트렐로니 아저씨 계세요?"

"어디서 왔지?"

문지기인 듯한 사람이 물었다.

"꼭 좀 만나 뵙도록 해 주세요. 아주 급한 일이에요."

문지기는 짐을 아래위로 훑어보았다.

짐은 문지기의 안내로 집 안으로 들어갔다. 문에서 현관까지의 길은 퍽 멀었다. 복도마다 주단을 깔았고, 여러 가지 귀한 장식들로 꾸며 놓았다.

트렐로니 씨와 리버시 씨는 서재 의자에 기대앉아 이야기를 하고 있었다.

리버시 씨는 의아한 눈으로 짐을 뚫어지게 보았다.

"짐 아니냐? 이 밤중에 어떻게 왔니? 무슨 일이 있었니?"

트렐로니 씨도 얼굴에 웃음을 담고는 다정한 목소리로 반겼다.

"짐이로구나! 추운데 가까이 오너라."

짐은 부잣집에 들어온 것이 처음이거니와 이렇게 가까이에서 트렐로니 씨를 마주 보기도 처음이었다. 트렐로니 씨는 귀족처럼 고결하게 생겼고 키가 컸다. 그는 여러 차례의 세계 여행으로 많은 것을 알고 있었다.

짐은 주막에서 일어난 일들을 이야기했다. 빌리가 주막에

머물면서 수상한 행동과 술주정을 하는 바람에 손님이
끊어졌다는 일, 장님 피우에 관한 일, 그리고 그 날 밤에
일어났던 끔찍한 사건을 하나도 빼놓지 않고 침착하게
이야기했다.

리버시 씨와 트렐로니 씨는 짐의 이야기에 끌려 담배를
피우는 것조차 잊은 듯했다. 짐이 이야기를 끝내자, 두 사람은
짐의 어깨를 두드려 주며 감탄했다.

"짐, 참 잘했다. 용감하다."

"트렐로니 씨, 당신도 아마 플린트 선장의 이야기는 들었을 줄
아는데, 어떻소?"

"들다뿐이오? 해안의 어린아이들조차 플린트 이름만 들어도
울음을 그칠 정도라오. 얼마 전에 대서양 여행에서 플린트
선장이 탄 배를 멀리서 만난 적이 있어요. 내가 탄 배의
선장이 어찌나 겁이 많은 사람인지, 얼굴빛이 파랗게 되어
배를 돌려 도망쳐서 그 놈의 횡포를 모면한 적이 있지요."

"그런데 플린트 선장이 그렇게 귀중히 여기던 보물 지도를
짐이 가지고 있다니……. 그 놈이 보물을 감춰 둔 것이
사실일까요?"

"사실일 겁니다. 사실이 아니라면 해적들이 그렇게 악착같이

찾으려 했겠습니까? 그렇지만 이 보물 지도를 발견하고

가져온 짐이 허락해 준다면 한번 조사를 해 보는 게

좋겠습니다.”

트렐로니 씨는 궁금한 마음을 억누를 수 없다는 표정이었다.

짐은 소중하게 싼 주머니를 탁자 위에 놓았다.

세 사람은 머리를 마주 대고 호기심에 가득 찬 눈으로 보았다.

주머니를 끌러 보니 수첩과 또 귀중하게 종이에 싼 것이

나왔다.

“그 수첩은 뭡니까?”

수첩은 빌리의 것인 듯, 여러 가지가 어지럽게 적혀 있었다.

“이것은 나중에 보기로 하고 먼저 보물 지도를 살펴봅시다.”

리버시 씨는 흥분한 듯 떨리는 손으로 밀봉한 종이를 뜯었다.

지도가 나왔다. 지도를 조심스럽게 펼쳐 보니, 누가 보아도 알

수 있을 어떤 섬에 관한 지도였다. 그 섬을 둘러싸고 있는

바다의 깊이, 배의 정박소, 나무 이름, 언덕, 산 이름 등이

조그마한 글씨로 정성스럽게 씌어 있었다.

섬 중앙에는 X표가 여러 개 그려져 있었다. 그리고

산기슭에는 한 그루의 소나무가 있고 그 부근에 역시 빨간

X표가 많이 그려져 있었다. X표 옆에는 글자도 적혀 있었다.

"이 X표를 한 곳이 아마 플린트 선장이 보물을 묻은 곳이고,
옆의 글자는 그 묻은 날짜인 것 같습니다."

트렐로니 씨가 말했다.

"이 보물 지도 뒤에도 무엇인가 적혀 있군요."

리버시 씨는 이렇게 말하며 보물 지도를 뒤집어 보았다.

거기에도 빨간 글씨로 무언가 적혀 있었다.

"뭐라고 적었습니까?"

"북북동에서 조금 북으로 한 그루의 소나무가 기점, 안내인의
표시, 해골섬이 보이는 소나무 세 그루, 열 발짝 앞으로 갈 것.
여기 보물이 묻혀 있음."

읽고 난 트렐로니 씨는 흥분한 것 같았다.

"리버시 씨, 이제 그 구질구질한 의사 노릇은 하지 않아도
되겠습니다. 내일 즉시 브리스틀 항으로 떠나겠습니다.
거기서 배를 한 척 구해 보물을 찾으러 떠납시다.
선장과 선원도 영국에서 으뜸 가는 사람을 뽑아 멋진 항해를
해 봅시다. 짐, 너도 함께 가자. 너는 선실에서 심부름을 하는
게 적당하겠다. 우리 집 하인들도 몇 명 데리고 갑시다.
우리가 보물을 찾게 된다면 아마 일생을 쓰고도 남을 겁니다."

"물론! 모험을 해 보도록 합시다."

리버시 씨도 평소에 침착했던 것과는 달리 그 자리에서 쾌히 승낙하고 짐을 돌아다보았다.

"짐, 배를 타는 것은 용기가 필요한데, 이번 탐험에 너도 갈 수 있겠니?"

"가고 싶습니다. 함께 가도록 해 주셔요."

짐은 씩씩하게 대답했다.

"됐어, 용감한 소년이로구나!"

트렐로니 씨는 큰 소리로 외쳤다. 그러자 그 때 리버시 씨는 갑자기 심각한 얼굴로 말했다.

"그런데 한 가지 걱정되는 게 있어."

"그게 뭔데요?"

"그건 자네 문제야. 자네는 한 가지 결점이 있단 말일세. 무슨 일이든 다른 사람에게 다 말해 버리는 습관이 있단 말이야. 이 보물 지도는 우리 손에 들어왔지만 이걸 노리는 사람이 많다는 걸 알아야 해. 오늘 밤 주막에 나타났던 해적들만 해도 그래. 이 보물 지도를 위해서라면 목숨도 아까워하지 않는 무리들일세. 한 가지 부탁이 있는데, 우리가 섬으로 떠나기 전까지는 아무에게도 말하지 말고 비밀로 하잔 말이지. 배를 구하는 목적도 숨겨야 하네. 만약 탄로가 난다면 무서운

일들이 벌어질 걸세. 내 말을 알아듣겠나? 우리들의 목숨이
위험해진단 말야."

트렐로니 씨의 결점을 꼬집어 이야기한 리버시 씨는 눈을
똑바로 뜨고 바라보았다.

"좋아, 자네의 충고 잊지 않겠네."

그 이튿날, 트렐로니 씨는 배를 구하러 브리스틀 항으로
떠났다. 리버시 씨도 자기 대신 공직을 맡아 일해 줄 사람을
찾으러 런던으로 떠났다.

일이 잘 진행되는 것 같았으나 생각했던 것보다는 시간이
많이 걸렸다. 하루 빨리 출항하고 싶은 마음이었지만 그렇게
되지는 않았다.

배는 구했는데, 선원을 모집할 방법이 없었다. 트렐로니 씨는
밤낮을 가리지 않고 선원을 찾아보았으나 겨우 몇 명밖에
되지 않았다. 이러다가는 몇 달이 더 걸릴지도 모르고, 선원이
되겠다고 나선 사람들조차 그 때까지 기다려 줄지가
의심스러웠다.

이러는 동안 상당한 기간이 지나갔다. 트렐로니 씨는 새로
구한 배 히스파니올라 호를 수리하기 위해 부두로 나갔다.
'히스파니올라 호'는 대모험을 떠나기에는 안성맞춤인 매우

훌륭한 배였다.

트렐로니 씨는 파이프를 물고 갑판 위를 왔다갔다하며
열심히 지휘를 했다.

그 때, 어떤 사람이 상냥하게 말을 건네 왔다.

"주인 나리, 주인 나리 배입니까? 참 좋은 배로군요."

"그렇다네."

트렐로니 씨는 신바람이 나서 대답했다.

"이처럼 훌륭한 배는 처음 봅니다. 저도 옛날에는
뱃사람이었습니다. 그래서 그런지 이런 좋은 배를 보면 한번
타고 바다에 나가 보고 싶은 생각이 듭니다."

"그렇게 이 배가 좋은가?"

트렐로니 씨는 기쁨을 감추지 못하며 자랑스럽게 물었다.

"배로 올라오게. 마음껏 구경해도 좋으니까. 좋은 배는 타
봐야 알지. 배를 보고도 타고 싶은 마음이 없는 사람을 어디
뱃사람이라고 할 수 있나?"

트렐로니 씨는 이 사람이 마음에 든 모양이었다. 그래서 아주
기분이 좋았다. 사나이는 기우뚱하더니 나무 지팡이를 짚고
날쌔게 배에 올라탔다. 그는 왼쪽 다리가 없었다.

"자네는 다리 하나가 없는데도 꽤 빠르군."

"헤헤……. 이래 봬도 옛날에는 바다에서만 살았습죠. 영국 해군 제독의 부하로 있을 때, 조국을 위해 싸우다 다리 하나를 잃었습니다."

"그래, 자네는 경력이 아주 훌륭하군."

"어디 내놓아도 부끄럽진 않습죠. 지금은 배를 타지 않습니다만, 저같이 몸에 밴 뱃사람이 어디 배를 탈 수 있습니까? 무거운 짐을 들지는 못하지만, 제 요리 솜씨는 아직 쓸 만 합죠."

사나이는 바다가 정말 그리운 듯, 수평선을 바라보며 애원하는 표정을 지었다.

"그렇게 바다가 그리운가? 그렇다면 이 배에서 요리사로 일하면 어떻겠는가? 마침 우리는 그런 사람을 찾고 있었는데, 잘 되었네."

"네? 정말 그렇게 해 주시는 겁니까? 그렇게만 해 주신다면 무슨 일이든 충성을 다하겠습니다. 저같이 다리 하나가 없는 사람도 채용해 주시겠습니까?"

"자네처럼 훌륭한 경력을 가진 사람이면 두 다리가 다 있는 사람보다 훨씬 일을 잘 할 걸세."

"감사합니다, 나리. 저는 이 근처에서 선술집을 하고 있는데,

뱃사람들이 단골로 드나드는 곳입죠. 이제 그 술집은
아내에게 맡기고, 나리께서 부르시면 언제든 떠날 준비를
하고 있겠습니다."

"뱃사람을 상대로 선술집을 한다면 선원들을 많이 알겠군.
선원을 모집하고 있는 지가 벌써 여러 날이 지났는데 어디 쓸
만한 사람이 모여야지."

"그런 거라면 문제 없습니다. 제가 한 마디만 하면 선원들이
우르르 몰려오게 할 자신이 있습니다."

트렐로니 씨는 가장 골치를 썩이고 있던 일이 이렇게 쉽게
이루어지는 것이 좋아서 어쩔 줄 몰랐다.

"좋아, 그럼 선원 모집은 자네에게 부탁 좀 하겠네. 그런데
자네 이름이 뭔가?"

"존 실버라고 부른답니다. 실버 하면 이 근처에서 모르는
사람이 없죠."

실버의 힘으로 많은 선원들이 모이게 되었고, 히스파니올라
호는 대망의 모험 길을 떠날 준비를 하고 있었다. 선원들은
모두 험상궂은 얼굴이었지만, 힘깨나 쓰는 노련한 뱃사람들인
것 같아 한결 마음이 든든했다.

런던으로 갔던 리버시 씨도 돌아오고, 트렐로니 씨 집에서 온

몇 사람의 하인도 배에 함께 탔다.

짐은 선실 사동(심부름하는 아이)으로 리버시 씨와 트렐로니 씨의 심부름하는 일을 맡게 되었다. 그래서 이 날도 트렐로니 씨의 심부름으로 실버에게 편지를 전하러 선술집으로 갔다.

짐은 담배 연기와 술 냄새로 가득한 선술집 안으로 들어갔다. 뱃사람인 듯한 사람들이 떠들면서 술을 마시고 있었다. 짐은 외다리 실버를 금방 찾았다. 그는 나무 지팡이를 짚고 왔다갔다하면서 손님들을 대하고 있었다.

"실버, 트렐로니 씨의 편지를 가지고 왔어요."

짐은 실버에게 편지를 주었다. 실버는 봉투를 뜯고 편지를 읽더니, 갑자기 놀란 표정을 하며 짐을 다시 보았다.

"네가 짐이었구나! 네가 주막집 아들……. 아니, 그 배의 사동이로구나! 반갑다."

그 때, 손님들 속에서 떠들고 술을 마시던 한 사람이 '짐'이란 말에 힐끗 뒤를 돌아다보다가 짐과 눈이 마주쳤다. 그러자 그 사나이는 쏜살같이 문 밖으로 도망쳤다.

"아저씨, 저 놈 잡아요, 저 놈은 해적이에요. 검둥이라고 부르는 해적이라고요!"

"뭐, 금방 그 녀석이 해적이라고? 저 놈을 잡아라! 술값도 안내고 도망을 가?"

실버는 짐짓 소리치며, 그 놈을 잡으라고 발을 굴렀다.

"저 놈이 정말 해적인가?"

"틀림없어요. 아저씨는 해적들이 주막에 처들어왔다는
이야기를 못 들으셨어요?"

"듣지 못했는데. 저 놈이 해적이라……, 아깝게 놓쳤구나!
우리 집에 해적들이 오다니……."

실버는 해적이 손님을 가장하고 자기 집에 온 것이 몹시 화가
난다는 표정을 지었다.

"짐, 나하고 같이 트렐로니 씨에게 가자. 우리 집에 해적이
나타났다는 이야기도 해 주자. 이 근처에 해적이 나타났으니
앞으로 우리가 출항하는 데 각별히 주의해야겠구나."

실버의 말을 듣고 트렐로니 씨가 더할 나위 없이 성실한
부하를 얻었다는 확신을 한 것도 무리는 아니었다.

히스파니올라 호는 출항을 앞두고 더욱 서둘렀다. 이대로
자꾸 지체하다가는 해적들에게 들키고 말 것이다. 선장도
새로 들어왔다. 스몰렛이라고 하는 사람으로, 수완이 있어
보이는 사람이었다. 그는 이미 모범 선원으로 세상에 잘
알려진 인물이었다. 부선장으로 들어온 사람도 경력이 많은

것 같았다.

출항을 앞두고 눈코 뜰 새 없이 바쁘게 돌아가던 어느 날,

스몰렛 선장은 트렐로니 씨와 리버시 씨가 있는 선실로

들어왔다.

"할 말이 있어서 왔습니다."

"무슨 얘기요?"

트렐로니 씨는 별로 흥미가 없다는 듯이 건성으로 물었다.

"심각한 문제입니다. 솔직하게 말씀드리면, 저는 이번 항해를
별로 달갑게 생각하지 않습니다. 다른 것들도 마음에 들지
않지만 무엇보다도 불만인 것은 선원들입니다."

선장은 엄숙한 얼굴을 하고 날카로운 눈을 번쩍이며 말했다.
너무도 뜻밖의 말에 트렐로니 씨와 리버시 씨도 진지한
표정으로 듣고 있었다.

"당신은 이 배를 타지 않겠다는 건가?"

"그런 건 아닙니다."

"그러면 이 히스파니올라 호에 불만이라도 있단 말인가?"

"그것도 아닙니다. 아직 운항을 해 보진 않았지만, 대체로
훌륭한 배라고 생각합니다."

"그렇다면 이 배의 주인들이 마음에 안 든다는 말인가?"

"아닙니다."

"선장, 무슨 영문인지 몰라 그러니 자세히 말해 보시오. 이
항해를 못마땅하게 여기는 게 무엇 때문이오?"

"저는 오랫동안 많은 선원을 이끌고 세계 곳곳을 다녔습니다.
배는 겉모양만 보아도 그 성능을 짐작할 만큼 익숙합니다. 또
저는 이 배의 선장으로서 당신들이 가자는 대로 어디든지

가야 할 의무가 있습니다. 그런데 이 배의 운행 그리고 모든 책임과 배 안의 사람들의 안전을 보호해야 할 책임은 나에게 있습니다. 그런데도 선장인 제가 모르는 사실을 선원들은 알고 있으니, 솔직히 말하면 이 배를 이끌고 갈 기분이 내키지 않는 것입니다."

선장은 말을 끝내고 두 사람을 뚫어지게 번갈아 보다가 말을 이었다.

"선원들의 말을 들으면, 이 배는 보물을 찾으러 간다고 합니다. 그것이 사실이라면 상당한 모험이 뒤따릅니다. 첫째로, 우리와 함께 갈 선원들은 신임할 수 있는 사람으로 뽑아야 합니다. 그런데 저는 이 배의 선원들을 잘 모릅니다. 도중에 무슨 일이 일어나더라도 저는 책임을 질 수가 없습니다. 선원을 고용할 때는 선장인 저와 먼저 의논을 해야 할 것입니다."

"알겠네, 미안하네. 이제 선원을 채용할 때는 자네 의견을 묻겠네."

리버시 씨는 화가 나서 소리를 지르려는 트렐로니 씨의 말을 막으며, 선장을 달랬다.

"다시 한 가지 묻겠습니다. 이 항해를 기어코 하실 겁니까?"

"물론이지. 중단할 수는 없지."

"그렇다면 제가 선장이 되는 조건으로 세 가지를 제시하고 싶은데 들어 주시겠습니까?"

"말해 보게."

선장이 말을 이었다.

"첫째, 선원들이 자기 침실에 쌓아 놓는 화약을 모두 당신들이 있는 곳에 쌓도록 하시오. 둘째, 트렐로니 씨가 데리고 온 하인은 모두 당신들 곁에 있도록 하시오. 마지막으로 선원들 사이에 퍼진 소문에 따르면, 당신들은 플린트 선장이 가지고 있던 보물 지도를 가지고 있을 것이라고 하는데, 그 보물 지도를 선원 누구의 눈에도 띄지 않도록 하시오. 이상 세 가지입니다. 만약 이 조건을 들어 주지 않는다면, 저는 선장 자리를 내놓고 이 배에서 내리겠습니다."

"알겠네. 다 들어 주겠네. 자네는 혹시 선원들이 폭동을 일으킬까 봐 미리 걱정을 하는 것이 아닌가?"

리버시 씨는 이렇게 말하며 선장을 달래려 했다.

"꼭 이 배에 탄 선원들이 폭동을 일으킬 것이라고 단정하는 것은 아닙니다. 저는 다만 이 배의 선장으로 모든 사람의 생명과 안전을 보호해야 할 책임이 있기 때문에 말씀드리는 것뿐입니다."

"반갑소. 당신의 믿음직한 책임감에 마음이 든든하오.
트렐로니 씨, 당신도 동감일 줄 압니다."

"물론 동감이네. 그렇지만 배를 얼마나 많이 타 보았는지
모르지만 너무 아는 척하지 않는 게 좋을 걸세."

트렐로니 씨는 선장의 당당한 요구에 비위가 상한 것 같았다.
그는 못마땅한 표정이었다.

"저를 싫어하셔도 좋습니다. 제 책임을 다하기 위해
말씀드렸을 뿐입니다."

선장은 예의를 차려 정중하게 인사하고는 선실을 나갔다.

리버시 씨는 절도있는 선장의 말과 행동이 무척 마음에
든 모양이었다.

"참 훌륭한 선장을 얻었소. 얼마나 다행이오."

"건방진 녀석, 제까짓 놈이 뭘 안다고 잘난 척하는지
모르겠군."

트렐로니 씨는 여전히 선장이 마음에 들지 않았다.

"아마 선장의 가치는 오래지 않아 나타나게 될 줄 믿습니다."

"갑판에 올라가 봅시다."

선장의 지휘에 따라 화약을 리버시 씨와 트렐로니 씨가 있는

선실 근처로 옮겨 놓느라고 갑판 위는 무척 분주했다.

이 때 실버가 나타나 어리둥절한 표정으로 주위를

둘러보더니 물었다.

"대체 뭣들 하고 있는 거야?"

그는 매우 못마땅한 표정 같았다.

"보면 몰라? 아이고 힘들다."

"갑자기 웬 수선이야? 지금이 배를 띄우기에 좋은 때인데,

쓸데없는 일만을 하다니……."

실버는 어이가 없다는 표정을 지었다.

"실버, 쓸데없는 참견은 말고 가서 자네 일이나 해!"

"네, 알겠습니다."

선장의 엄중한 명령에 실버는 깜짝 놀란 듯하더니 날쌔게

요리실로 사라졌다.

"빨리빨리 움직여. 꾸물거리지 말고. 자네는 뭘 그렇게

멍청하게 서 있나?"

선장은 아무에게나 닥치는 대로 꾸짖고 일을 재촉했다.

"어디 쓸 만한 놈들이 있어야지!"

이렇게 투덜대기도 했다.

출발

모든 것이 계획대로 끝나자 선장은 돛을 감아올리도록
호루라기를 불었다. 그러고 나서 선원 중에 누군가 돛을
감아올리는 일을 도와 주면 좋겠다고 했다.
이 광경을 보고 있던 실버가 얼굴에 미소를 띠면서 청승맞게
노래를 불렀다.
"해골섬에 열다섯 사나이 표류하였으나 럼주는 한 병뿐
로호호 로호호 어찌할 거나."
그러자 선원들도 소리쳤다.
"로호호 로호호 어찌할 거나 로호호 로호호 어찌할 거나."
해적들이 즐겨 부르는 노래, 바로 그 괴상한 노래였다.

돛은 서서히 올라갔다. 푸른 하늘에 빛나는 돛이
처음으로 서서히 펼쳐지면서 히스파니올라 호의
힘찬 장래가 발을 내딛는 순간이었다. 마침내
돛대에 돛이 활짝 펴지자 브리스틀 항은 생기를
찾은 듯했다. 히스파니올라 호는 잔잔한 물결을
헤치고 서서히 움직이기 시작했다.

히스파니올라 호는 매우 훌륭한 배였다. 배의
성능도 좋을 뿐 아니라, 선장도 능력 있는
사람이었다. 모든 일이 순풍에 돛을 단 격이었다.
힘찬 항해가 계속되었다. 그러던 어느 날, 알 수
없는 사건이 생겼다.

폭풍이 거세고 파도가 몹시 치는 날이었다. 그런
어수선한 밤을 보내고 난 이튿날 아침에 부선장이
보이지 않았다. 선원들은 아마 부선장이 술에 많이
취해 바다에 떨어졌을지도 모른다고 했다.

선원들은 아무 일도 없었다는 듯이 명랑하게
떠들며 일을 했지만, 선장의 위엄 있는 눈초리는
조금 흐려져 있었다. 배는 여전히 평온한 항해를
계속하고 있었다.

짐은 실버와 상당히 친해졌다. 음식을 나르는 등 여러 가지
심부름 때문에 요리실을 자주 드나들었기 때문이다.
실버는 재미있는 이야기를 많이 해 주었다. 짐은 실버의
이야기를 듣기 좋아했다. 어떤 때는 얘기를 해 달라고
조르기도 했다.
실버는 짐에게뿐만 아니라 다른 선원들한테도 인기가 있었다.
막힘 없는 말솜씨 때문이기도 했지만, 그는 바다에 관해 아는
것이 많고 어딘가 지도자다운 통솔력도 있었다.
"저 아저씨 말이야, 보통 뱃사람이 아니야. 교육도 많이 받은
사람이지. 학식도 있고, 힘도 센 사람이야. 나는 저 아저씨를
두 다리가 성했을 때부터 알고 있었는데, 몇 사람 정도는
손쉽게 때려눕힐 수 있단다."
한스라는 선원은 실버를 영웅처럼 추켜올리며 말해 주었다.
트렐로니 씨는 모든 일에 통이 큰 사람이었다. 선원들의
편리를 위해서는 아끼는 것이 없었다. 선원 가운데 누가
생일이라도 맞으면 먹을 것을 마음껏 내놓고 화려한 잔치를
열어 주기도 했다. 또 사과가 먹고 싶은 선원은 갑판 위에
놓인 통에서 언제라도 사과를 꺼내 먹을 수 있었다. 이 또한
트렐로니 씨의 배려였다.

선원들은 마음껏 자유를 누리며 항해를 즐길 수 있었다.
이러한 트렐로니 씨에 대해 불만을 가진 사람은 단 하나,
스몰렛 선장이었다.

스몰렛 선장은 오랜 항해 경험에서 이러한 무질서한 상태가
좋지 못하다는 것을 알고 있기 때문이었다.

"이런 상태로 두어서는 안 됩니다. 나중에 선원들을 다루기가
무척 힘들어집니다."

선장은 몇 번이고 트렐로니 씨에게 말했다. 그러나 선원들을
통솔해 본 적이 없는 트렐로니 씨는 선장의 말을 대부분
쓸데없는 걱정에서 생긴 것이라며 무시했다.

어느 날, 일을 다 마친 후 잠자리에 든 짐은 갑자기 사과가
먹고 싶어졌다. 그래서 갑판 위로 올라갔다. 갑판에는 그 날
보초 한 사람만 있었는데, 그는 뱃머리 쪽을 바라보고 신나게
휘파람을 불고 있었다.

통 속에는 사과가 몇 개 있었으나 짐의 손에는 닿지가 않았다.
그래서 짐은 통 속으로 들어가 사과를 먹게 되었다.
배는 가벼운 파도에 흔들려 통 속에 들어앉은 짐에게는
사과통이 마치 그네처럼 생각되었다. 짐은 깜박 잠이
들어 버렸다.

얼마 동안을 잤을까. 무엇인가 '쿵' 하고 통에 기대는 소리가 들려왔다. 깜짝 놀라 가만히 귀를 기울여 보니 선원들 목소리였다.

통 밖에서 들리는 소리는 실버의 목소리 같았다. 그는 누군가를 설득하는 것 같았다.

"우리는 플린트 선장의 가장 가까운 부하였단 말이야. 섬의 보물은 마땅히 우리가 찾아 가질 권리가 있지. 저 풋내기 지주나 의사 녀석이 가질 물건이 못 돼. 그런데 보물 지도를 트렐로니와 리버시가 가지고 있단 말야. 내일이면 보물이 묻힌 섬에 도착하는데……."

"그러니까 간단히 말하면, 보물 지도를 가진 놈들을 해치우자는 말이지요?"

"물론이지. 보물을 찾으면 우리끼리 나누어 가지면 되지 않나? 저 놈들을 모두 죽이고. 잘 생각해. 저 놈들 편을 들어 우리의 칼에 맞아 죽겠나, 아니면 우리 편을 들어 보물을 나누어 가지는 게 좋겠나. 나는 자네가 유망한 사람이 될 거라고 믿기에 함께 일할 수 있다고 생각하네. 그래서 큰 비밀 얘기를 하는 거야. 우리와 함께하지 않으면 대책이 있으니까 알아서 해!"

실버의 목소리는 위협과 공갈이 섞여 있었다. 추켜올려
주기도 하고 위협을 하기도 하면서 상대방이 꼼짝할 수 없게
하자는 것이었다.

통 속에서 이런 얘기를 듣게 된 짐은 가슴이 두근거리고
무서워졌다.

'그렇게 친절하고 재미있는 이야기를 잘 해 주던 실버가
무서운 해적이었다니! 어떻게 하면 좋을까? 내가 이 비밀을
안다는 사실을 실버가 알면 나를 죽여 버릴지도 모른다.
여기를 빨리 벗어나야겠다.'

실버의 위협에 겁이 났지만 한편으로 음모에 끼어드는 것이
마음이 안 놓였던지, 그 선원은 실버에게 물었다.

"우리 편은 얼마나 되나요? 폭동을 일으키면 우리는 이길 수
있을까요?"

"그걸 말이라고 하나? 승산 없는 폭동을 일으키는 바보가
어디 있어? 배가 출항하기 전부터 이 계획을 가지고 선원들을
데려온 거야. 아까도 말했지만, 우리는 해적 출신인데 선원을
가장하고 이 배에 탄 거야."

"그렇다면 저도 가담하겠습니다."

나이 어린 선원은 실버의 흉측한 권유와 위협에 말려들어

음모에 가담하고 말았다.

짐은 이제 모든 사실을 어렴풋이 알게 되었다.

'우리 집 주막에서 빌리가 그토록 두려워하던 외다리
사나이가 바로 이 사람이었구나!'

"이만하면 대개 모이지 않았나? 뒤로 미룰 것 없이 오늘 밤
당장 해치우자. 꾸물거려서 이로울 것은 없어."

한 선원이 이렇게 말했다. 짐은 이 말을 듣고 더욱
깜짝 놀랐다.

'만약 오늘 밤에 폭동을 일으킨다면, 아무것도 모르는
트렐로니 씨와 리버시 씨는 꼼짝없이 죽고 말 것이다. 또 배도
저들의 손에 넘어가고 말 것이다.'

짐은 가슴이 철렁 내려앉는 것 같았다.

"기다려! 저들을 해치우는 건 손바닥을 뒤집는 일보다 쉬워.
그러니 서두를 거 없어. 저들의 생명은 우리 손에 달려
있으니까. 그런데 한 가지 더 알아야 될 것이 있어. 보물
지도를 어디다 감춰 두었는지 잘 모르겠단 말이야. 만약
저들을 해치우고도 보물 지도를 찾지 못하면 우리는 헛수고를
하게 되는 거야. 그러니 좀더 시간을 가지고 저들이 보물을
찾아 이 배에 실은 뒤에 해치워도 늦지는 않을 거야."

실버는 해적들을 달랬다. 해적들은 그 날 당장 폭동을
일으키지 말자는 쪽으로 의견을 모았다.

짐은 통 속에서 무척 다행스럽게 생각했다. 그 사실을 빨리
트렐로니 씨와 리버시 씨에게 알리기 위해 빠져 나갈
기회만을 노리고 있었다.

"저들을 어떻게 처치할 작정인가? 쏘아 죽이겠나?"

"글쎄, 그건 내게 맡겨 두게. 섬에다 저 놈들을 귀양살이
시키는 방법도 있고, 때려 죽이는 방법도 있지. 하여간 내게
맡겨 두게."

실버가 말했다.

"그럼 자네만 믿겠네. 자네가 제일 나은 지도자니까."

이렇게 맞장구치는 선원도 있었다.

그 때, 한 선원이 통 가까이 있는 선원에게 말했다.

"어이, 사과 하나 꺼내 줘. 목이 타는데."

큰일이었다. 짐은 이제 꼼짝없이 죽었다. 온몸에서 식은땀이
흐르고 정신이 아찔해졌다. 뛰어나가 도망쳐야겠는데 그럴
힘도 없었다.

'이제는 죽었구나!'

이렇게 생각하며 통 속에 납작 엎드려 있었다.

그 때였다.

"야, 섬이 보인다!"

뱃머리에서 외치는 소리가 들려왔다.

"섬이 보여?"

모두들 눈이 휘둥그레져 뱃머리 쪽으로 달려갔다. 갑판은
삽시간에 선원들의 왁자지껄한 소리로 소란해졌다. 이 틈에
짐은 재빠르게 통 속에서 기어나와 선원들 틈에 끼어 모르는
체하고 구경을 했다.

스몰렛 선장과 트렐로니 씨, 리버시 씨도 나와서 섬을
구경하고 있었다. 급한 생각대로라면 당장에라도 들은 얘기를
전해 주고 싶었지만, 옆에는 선원들이 있어 함부로
말했다가는 안 될 것 같았다.

침착한 짐은 기회를 엿보고 있었다. 트렐로니 씨와 리버시
씨가 빨리 선실로 내려가기만을 기다렸다. 초조한 마음으로
기다리고 있는데, 마침 리버시 씨가 선실에 파이프를 놓고
왔다고 하면서 짐에게 그것을 가져오도록 심부름을 시켰다.

'이 때다!'라고 생각한 짐은 리버시 씨 곁으로 바싹 다가서며
작은 소리로 급히 말했다.

"선생님, 말씀드릴 게 있습니다. 곧 트렐로니 아저씨와 선장과

함께 선실로 내려가서 저를 불러 주세요. 무척 급하고 중대한
비밀입니다."

의사인 리버시 씨는 짐의 얼굴에서 무엇인가 심각한 것을
알아차린 듯 고개를 끄덕였다.

잠시 후에 리버시 씨가 트렐로니 씨와 선장에게 무엇인가
이야기하는 모습이 보였다. 다른 선원들은 그들의 태도가
자연스러웠기에 무슨 이야기를 하는지 짐작도 못
했을 것이다.

선장은 갑자기 선원들에게 지금까지의 수고를 치하하고는
마음껏 마시고 놀도록 했다. 선원들은 기뻐 어쩔 줄 모르면서
삼삼오오 짝을 지어 서로 지껄이며 이야기하기 시작했다.
이들이 무서운 음모를 꾸미고 있는 해적들이라고는 아무도
짐작하지 못할 것 같았다.

선장과 트렐로니 씨, 리버시 씨는 선실로 내려갔다. 그리고
잠시 뒤에 한 선원이 짐에게 말했다.

"짐, 선실에서 부른다."

"네, 아저씨."

짐은 쏜살같이 선실로 내려갔다. 짐이 선실 문을 열고
들어서니 세 사람은 모두 짐에게 얼굴을 돌렸다. 그들의

근심스런 표정은 빨리 말하라고 짐을 독촉하는 것 같았다.

"짐, 무슨 일이냐? 숨기지 말고 솔직하게 말해 다오."

짐은 통 속에 들어간 일과 거기서 잠든 일, 그리고 해적들의 음모를 엿들은 내용을 하나도 빠뜨리지 않고 말했다.

세 사람은 몸이 굳어 버린 듯 꼼짝도 하지 않고 열심히 듣고 있었다. 짐의 이야기가 다 끝나자 리버시 씨는 짐의 손을 덥석 잡았다.

"참 훌륭하다. 고맙다."

뜻밖의 사실을 알게 된 세 사람은 차례로 짐에게 과자와 먹을 것을 주면서 칭찬했다. 트렐로니 씨는 선장에게 진지한 얼굴로 말했다.

"선장, 사과드립니다. 전날 내가 당신에게 못마땅한 얼굴로 말했던 것 참으로 죄송합니다. 역시 당신이 본 것이 정확했고, 내가 본 것은 잘못이었습니다."

선장은 손을 내저으며 말했다.

"아니, 잘못은 제게도 있습니다. 선원들이 반란을 꾸민다는 사실을 제가 알지 못한 것이 죄송스럽습니다."

"그야 할 수 없는 일 아니겠습니까? 이제부터는 선장인 당신의 명령에 절대 복종하겠습니다."

"그러나 일이 이렇게 된 이상, 우리가 먼저 수를 써서
저들을 공격해야 합니다. 그런데 이 배 안에 저들에게
가담하지 않은 정직한 선원이 몇이나 되는지 그걸 먼저 알아
내야 하겠습니다. 짐은 영리하니까, 이 모든 일을 할 수
있을 겁니다."

짐은 이제 큰 책임을 진 것 같은 생각이 들었다.

한편, 자신을 그토록 중대한 일에 참여시켜 주는 선장이 무척
고맙기도 했다.

다음 날 아침, 히스파니올라 호는 섬 가까이 도착했다.

선원들은 섬을 바라보며 떠들기 시작했다. 섬을 눈 앞에 두고
있어 그런지 해적의 본성을 나타내는 선원이 많았다. 그들의
말과 행동은 거칠고 모든 일에 반항적이었다.

선장은 모든 것을 알고 있었지만, 모르는 척하고 실버가 있는
쪽으로 다가가서 물었다.

"너희들 중에 이 섬에 와 본 사람이 있는가?"

아무도 이 물음에 대답하는 사람이 없었다. 조금 있다 실버가
태연하게 말했다.

"제가 이 섬에 와 본 적이 있습죠. 아주 옛날 이야기인데, 어떤

무역선 요리사로 있을 때입니다. 이 섬을 지나가다 물을 좀
얻으러 상륙한 적이 있습죠."

"정박할 곳은 두 군데라고 하던데……."

"그렇습니다. 뒤로 가면 해골섬이라고 하는 곳이 있고, 또 한
군데는 산에서 바다로 개천을 이루고 있는 곳입니다."

"이 섬의 지도가 있는데, 여기 항구라고 적혀 있는 것은 이
쪽을 말하나?"

스몰렛 선장이 주머니에서 보물 지도를 꺼내자, 실버를
비롯한 선원들은 눈을 반짝이며 바라보았다.

그러나 보물 지도를 들여다보던 실버는 플린트 선장이 그린
보물 지도가 아님을 곧 알아차렸다. 거기에는 보물을 감춰 둔
표시가 없고, 정확한 길 안내도 표시되어 있지 않았기
때문이었다. 이 보물 지도는 선장이 플린트 선장의 보물
지도에서 베껴 그린 가짜였다.

가짜 보물 지도라는 것을 알게 된 실버는 화가
치밀어올랐지만 참고 태연하게 말했다.

"네, 그렇습죠."

"고맙네. 그럼 이 항구를 아는 사람은 자네밖에 없으니,
자네가 이 배를 안내하여 무사히 상륙하도록 하게."

"알겠습니다."

실버는 선원들을 능숙하게 통솔하며 배를 교묘하게
입항시켰다. 배가 좌초될 만한 커다란 암초가 많았는데도
실버는 잘 피했던 것이다.

갑판에서 섬을 구경하던 리버시 씨가 트렐로니 씨에게 조용한
어조로 말했다.

"사람이 살지 않는 무인도에 썩은 나무 냄새가 나는 걸 보니
무서운 열병이 기다리고 있는 것 같군요."

선장은 선원들을 모아 놓고 연설을 하고 있었다.

"제군들, 오랫동안 수고했다. 오늘은 날씨가 덥고, 또
오랫동안 배에 시달려 원기도 많이 빠진 줄 안다. 그래서
오늘은 푹 쉬도록 한다. 그러나 섬에 상륙하고 싶은 사람은
해가 지기 전까지 섬에서 쉬다가 와도 좋다. 돌아올
시간에 공포를 쏘겠다. 그 소리를 들으면 즉시 배로 돌아와
주기 바란다."

선원들은 기뻐했다. 한시바삐 보물을 찾아 손아귀에 넣고
싶어 반란을 꾀했는데, 이제 그럴 필요가 없지 않은가. 그들은
갑판에서 수군거리며 무엇인가 의논하더니 여섯 명만 배에
남기고 그 밖의 열네 명은 보트에 탔다.

짐도 그들 속에 끼어 섬에 상륙하고 싶었다. 그래서 몰래 보트에 기어올랐다. 그 보트에는 돛을 만드는 피륙이 많이 쌓여 있는데, 그 속으로 들어가 숨어 갈 작정이었다. 섬을 보고 싶은 호기심도 있었지만, 선원들이 무얼 하려는지 알고 싶었다.

그런데 다른 보트에 타고 있던 실버가 짐을 불렀다.

"짐, 짐……."

들켰으니 큰일이었다. 짐은 '이제는 죽었구나.' 하고 생각했다. 짐이 보트에 타는 것을 다른 선원들이 보았지만, 어린 짐이라서 모두 신경쓰지 않았다. 만약 이들의 음모를 염탐하러 탔다는 걸 알기만 하면 눈 깜짝할 사이에 처치해 버렸을지도 모른다.

짐은 겁이 났다. 보트가 육지에 닿기만 하면 제일 먼저 뛰어내려 섬 깊숙이 달아날 작정이었다. 다행히 짐이 탄 보트가 실버의 보트보다 앞서 가서 먼저 내릴 수 있었다. 보트가 육지에 닿자마자 짐은 재빨리 뛰어내렸다. 그리고 숲 속으로 정신 없이 뛰어 달아났다.

"짐, 기다려라!"

실버의 외치는 소리를 듣자 더욱 겁이 난 짐은 빨리 달렸다.

숲에서는 나뭇잎 썩는 냄새가 코를 찔렀다. 정신 없이 뛰다가 뒤를 돌아다보니 아무도 따라오는 사람이 없었다.

짐은 걸음을 멈추고 근처에 있는 큰 나무 밑으로 가서 쉬었다. 그러자 긴장했던 마음이 가라앉으면서 스르르 잠이 왔다.

말소리가 들리는 것 같아 깜짝 놀라 깨었다. 자세히 들어 보니 실버의 목소리였다.

'큰일날 뻔했구나!'

짐은 또 한 번 온몸에 소름이 끼치는 공포감에 사로잡혔다. 무섭기도 했지만 그들이 무슨 말을 하는지 알고 싶은 호기심이 생겼다. 그래서 나무 숲 사이에 숨어서 살살 다가갔다. 나뭇가지 사이로 바라보니, 실버가 톰이라는 선원과 이야기를 하고 있었다.

"마지막으로 말해 둔다. 우리가 폭동을 일으킨다는 것은 이미 결정된 일이야. 이제 와서 중단하거나 연기할 수 없다. 그러니까 우리 편에 가담하겠는가, 아니면 저들 편을 들겠는가 둘 중 하나를 선택하란 말이야."

실버의 목소리는 거칠고 컸다.

"내 대답은 항상 같다. 나는 죽으면 죽었지 그런 흉악한 짓은 못 하겠다. 나는 지금까지 정직하게 살아 왔어. 내가 지금 네

공갈에 못 이겨 흉악한 음모에 가담한다면 지금까지 내가
쌓아 온 일생에 커다란 오점을 남기게 된다. 나는 해적 패에
가담할 수 없다."

톰은 참으로 용감한 선원이었다. 이렇게 당당하게 말하고 휙
돌아서서 해안 쪽으로 갔다. 그 때 실버는 재빠르게 지팡이를
오른쪽 손에 옮겨 쥐더니 톰의 머리통을 향하여 힘껏 던졌다.

"아앗……!"

톰은 맥없이 푹 쓰러졌다. 실버는 곧 한쪽 다리로 깡충깡충
뛰어 다가가더니 톰의 목을 힘껏 누르는 것이었다. 짐은
너무도 잔인하고 흉악한 장면을 차마 볼 수 없어 얼굴을
옆으로 돌리고 말았다. 당당하게 말하던 톰의 태도를 보고
짐은 기뻐했다. '톰은 우리 편이다.'라고 생각하며 속으로
얼마나 기뻐했던가! 그런데 그가 죽고 말았다.

실버는 옷을 툭툭 털고 일어나더니, 아무 일도 없었다는
듯이 주위를 둘러보았다. 그러고는 주머니에서 호루라기를
꺼내어 날카롭게 불었다. 부하들을 부르는 모양이었다.
그러자 다른 곳에서도 이 소리에 대답하듯 '삑' 하고 호루라기
소리가 들려왔다.

'빨리 이 곳에서 달아나야 한다. 실버가 나를 발견하면 나도

톰처럼 죽고 말 것이다. 혹시 이 쪽으로 모이는 부하들에게

들키기라도 한다면…….'

짐은 더 생각할 여유가 없었다. 그는 아까처럼 밀림 속을 따라

있는 힘을 다해 달아났다.

'이제 배에 어떻게 돌아간다 말인가. 트렐로니 씨, 리버시

선생님, 선장님, 안녕히 계세요. 정든 히스파니올라 호도

마지막이다. 나는 이 무인도에서 혼자 남아 굶어 죽거나

아니면 저 해적들에게 잡혀 죽을 것이다.'

짐에게는 절망적인 생각이 덮쳐 왔다. 그는 큰 나무 그늘 밑에

털썩 주저앉았다.

이렇게 슬픔에 잠겨 있을 때였다 저 쪽 나뭇가지 사이로

이상한 물체가 눈에 띄었다.

'앗! 저게 뭘까?'

'곰이다.'

언뜻 보았을 때는 곰이라고 생각했지만 자세히 보니 그런 것

같지도 않았다.

'사람 같기도 하다.'

'아니 원숭이 같다.'

짐은 무서운 생각이 들어 뒤도 돌아보지 못하고 '걸음아 나

살려라.' 하고 뛰기 시작했다.

그런데 이상한 일이었다. 그 물체는 짐의 뒤를 쫓아오고 있는 것이 아닌가?

짐은 몸이 부들부들 떨렸다. 짐은 그 때 허리에 찬 권총을 생각해 냈다. 그러고는 용기를 내어 권총을 빼어 들고 그 물체 쪽으로 얼굴을 돌렸다. 그 물체는 나무 뒤로 숨었다. 짐은 자세히 살폈다. 그것은 짐승도 원숭이도 아니고 매우 이상하게 생긴 사람이었다.

그 사람은 갑자기 짐 앞에 무릎을 꿇고 앉았다.

"당신은 누군가요?"

짐이 그 이상한 사람에게 물었다.

"나는 벤건이라 한다. 이 섬에서 혼자 삼 년이나 살았다."

짐은 그 사람을 뚫어지게 보았다. 허리에는 가죽으로 만든 혁대를 매고 있었는데, 동으로 된 장식이 달려 있었다. 옷은 모두 해어지고 낡아빠져 누덕누덕 기운 자국이 마치 찢어진 화폭을 이은 것 같았다.

"이 섬에서 삼 년 동안 혼자 살았다고요? 그러면 배가 파손되어 이 섬에 오게 되었나요?"

"파선된 게 아니고 해적들이 이 섬에다 나를 버리고 갔다. 이

섬에는 나 혼자뿐이다. 들에서 나는 과일과 야생의 염소나
물고기를 잡아먹고 살았다. 삼 년 동안 사람이라고는
본 적이 없다. 치즈가 얼마나 먹고 싶었는지! 혹시 치즈를
가지고 있니? 치즈가 먹고 싶어 가끔 꿈 속에서 치즈 맛을
보기도 했다."

벤건은 짐에게 치즈를 먹게 해 달라고 애걸했다.

짐은 벤건이 불쌍하다는 생각이 들었다.

"저는 지금 치즈를 갖고 있지 않아요. 그렇지만 배에 가면
치즈가 얼마든지 있습니다."

"배라고? 그렇다면 혹시 플린트의 배니?"

배라는 말이 나오자 벤건은 갑자기 두려움에 휩싸여 몸을
부르르 떠는 것 같았다.

"플린트의 배가 아니에요. 플린트는 죽은 지 오래 됐어요. 저
배에 플린트의 부하들이 몇 명 있긴 하지만."

"그러면 실버라는 사람도 있니?"

벤건이 또 물었다.

"네, 실버도 있어요. 요리사죠. 처음에는 우리의 친구라고
생각했는데, 지금은 우리 배의 반란자의 두목이에요."

돌아온 짐

벤건은 짐에게 지나간 이야기를 들려 주었다. 짐과 벤건은
다정한 친구가 되었다.

"벌써 십 년 전 일이다. 나는 그 때 플린트의 해적선에 타고
있었어. 빌본과 이스라엘 사람 한스, 롱 존 실버도 그 배에
함께 탔지. 우리는 많은 배에서 보물을 빼앗았어. 그 보물을
숨겨 두려고 이 섬으로 오게 된 거야. 플린트 선장과 선원 네
명이 금을 숨기려 섬 해안으로 갔는데, 그 네 사람은 영영
돌아오지 않았어. 플린트 선장이 그들을 모두 죽였기
때문이지. 보물 숨겨 둔 곳을 아는 사람이 있으면 마음이
놓이지 않았기 때문이야. 그런 뒤 그 배는 다른 곳으로 가게

되었어. 지금부터 삼 년 전 나는 또다른 배를 타게 되었는데,
마침 이 섬 근처를 항해하게 되었어. 나는 플린트 선장의
보물이 이 섬에 묻혀 있다고 친구한테 말했어. 나는 보물을
감춰 둔 장소를 분명히 알고 있다고 생각했었지. 그런데
플린트의 뒤를 밟아 이 섬에 상륙했을 때 너무 당황해 정확한
위치를 분간하지 못했던 거야. 우리는 보물을 찾으러 이 섬에
상륙했지만 어디에 감추었는지 찾을 수가 없었어. 내
친구들은 보물을 찾지 못하게 되자
화가 나서 나를 섬에다 버리고 갔어. 그들은 내게 도끼와
먹을 음식 조금하고 가래 같은 연장을 주고 가 버렸어.
그것이 삼 년 전 일이야.”
“아직도 그 보물을 찾지 못했어요?”
“나는 이 세상에서 이제 제일 가는 부자다. 치즈만 갖다
준다면, 아니 나를 본국까지만 데려다 주면 너에게 값진
물건을 얼마든지 선물할 테다.”
짐이 잠시 생각에 잠겨 있는데 벤건이 말했다.
“네가 타고 온 배는 틀림없이 플린트 선장의 배는 아니겠지?
정직하게 말해 줘.”
“플린트 선장은 벌써 죽었다니까요.”

"플린트 선장이 죽었다면 안심이로군."

"우리가 타고 온 배는 히스파니올라 호예요. 그 배에 외다리 실버가 타고 있는데, 그는 폭동을 일으키려고 해요."

짐은 '아차, 말을 잘못 했구나!' 하고 생각했다. 이 사람이 혹시 실버와 같은 해적이면 어떻게 할 것인가?

"실버가 타고 있다고? 그 놈은 플린트 선장도 두려워하던 놈이야. 참 무서운 놈이지."

벤건도 실버를 두려워하고 있었다.

짐은 벤건이란 사람은 그렇게 무서워할 것 없다고 생각했다. 옛날에는 플린트 선장의 부하로 해적이었겠지만, 이제는 자기 편이 되어 줄지도 모른다고 생각했다. 그래서 실버가 폭동을 일으키려고 한 경위를 전부 이야기해 주었다.

"내가 너희들 편에서 도와 주지. 그런데 내가 도우면 트렐로니라는 사람이 나에게 보수는 줄까?"

"그건 걱정하지 마세요. 그 분은 도량이 상당히 넓은 분이에요."

"해적들처럼 부려먹을 대로 부려먹고 나중에는 걷어차는 그런 사람은 아니겠지?"

"천만에요. 그 분은 참 훌륭한 사람이에요."

"그렇다면 너를 믿겠다. 배에 돌아간다면 내 얘기를 잘 해 줘.
보물을 찾거나 반란자를 무찌르는 데 이 벤건이 절대로
필요하다고 말이야."

"그렇게 말하고말고요. 그런데 배에 어떻게 돌아가죠?
그리고 지금은 돌아갈 수 없어요. 반란자들에게 들키면 당장
죽을 텐데."

"그렇겠군. 실버는 자기의 비밀을 아는 사람은 누구나 다 죽여
버리니까."

"어떻게 하면 좋지?"

짐은 울상이 되어 걱정을 했다.

"너무 걱정하지 마. 내가 오랫동안 공을 들여서 만든 보트가
있으니까, 그것을 타고 가면 될 거야. 조금 어두워지면
보이지 않을 테니까."

짐은 이 말을 듣고 '살았구나!' 하고 안심했다.

그 때였다.

'탕, 탕, 탕, 탕……!'

요란한 총 소리가 들려왔다.

"앗, 폭동이 일어났다!"

"싸움이 시작되었군!"

"가자!"

짐과 벤건은 보트가 있는 곳으로 달려갔다.

한편, 선원들이 섬에 상륙할 즈음 히스파니올라 호의
선실에서는 선장과 트렐로니 씨, 리버시 씨가 앞으로 일어날
폭동을 진압할 계획을 의논하고 있었다.

"해적들은 모두 실버의 명령에 따라 섬에 상륙하고, 이 배에
남은 사람은 여섯 명입니다. 이들이 우리를 감시하고
있습니다. 우리 편은 트렐로니 씨의 하인인 레드루즈, 조이스,
헌터, 그리고 선실 사동 짐까지 모두 일곱 명입니다. 배에
있는 해적도 여섯 명이니까 두려울 건 없지요. 이들을
해치우면 배는 완전히 우리가 차지하게 됩니다.
배에 있는 해적은 우리가 이런 계획을 세우고 있는지 모르고
있을 겁니다."

리버시 씨가 말했다.

"그렇지만 배를 우리가 장악한다 해도 지금 바람이 한 점 없어
출항하기는 힘들 겁니다."

선장이 덧붙였다.

"그렇지요. 총 소리를 들으면 섬에 있는 해적들이 보트를 타고

몰려올 텐데 곤란해지지요."

의논을 하고 있는데, 갑판에 가 있던 헌터가 소리쳤다.

"선장님, 짐이 보이지 않습니다. 해적들이 타고 간 보트를 탄 모양입니다."

"뭐라고?"

세 사람은 깜짝 놀랐다.

"짐이 그 놈들 손에 죽고 말겠구나!"

"이대로 내버려 둘 수는 없습니다. 빨리 무슨 조치를 내려야 할 듯 싶습니다."

트렐로니 씨는 조급한 마음에 파이프만 연방 빨아 댔다.

"여기서 싸움이 벌어지면 저 놈들은 짐을 인질로 잡아 협상하려 들 것입니다."

"어쨌든 갑판으로 올라가 봅시다."

세 사람은 갑판으로 올라갔다.

해적 여섯 명은 섬 쪽을 바라보며 무엇인가 서로 이야기를 주고받았다.

"세 배가 넘는 해적들과 싸우기에 이 배는 적당치 않습니다. 우리를 방어해 줄 요새가 필요합니다."

트렐로니 씨의 말에 리버시 씨가 말을 이었다.

"참, 지도에 보면 섬에 플린트 선장이 만들어 놓았다는 통나무집이 있던데, 그 곳이 어쩌면 우리의 좋은 방어벽이 될지도 모르겠는데요."

"그러나 가 보지 않고서 어떻게 알 수가 있겠습니까?"

"그렇다면 먼저 보트를 타고 다녀오지요."

리버시 씨가 제안하자 두 사람도 반대하지는 않았다. 이왕 갔다 오려면 서둘러야 했다. 해적들이 어떻게 돌아가고 있는지 알 수가 없어서였다.

리버시 씨는 트렐로니 씨가 데리고 온 하인 가운데 힘이 세고 영리한 헌터를 데리고 보트에 탔다. 두 사람은 해적의 눈에 띄지 않게 급히 노를 저어 갔다. 섬 해안에 가까이 가자 미리 상륙한 해적의 보트 두 대가 나란히 정박해 있었다.

리버시 씨는 될 수 있는 대로 해적이 정박한 항구에서 멀리 떨어져 상륙했다. 그리고 숲 속을 향해 뛰었다. 150미터도 가지 않아 튼튼하게 생긴 통나무집이 보였다. 통나무집은 언덕 위에 세워져 있었는데, 주위에는 높이 2미터나 되는 튼튼한 담장이 있었다. 그 곳이라면 적을 얼마든지 쳐부술 수 있을 것 같았다. 통나무집에서는 밖을 자유롭게 공격할 수 있지만, 해적이 통나무집을 공격해 오기는 무척 힘들 것 같았다.

리버시 씨는 기뻐하며 급히 본선으로 가려고 보트가 있는 쪽으로 걸음을 재촉했다.

"헌터, 그 통나무집은 아주 훌륭하지? 샘물도 있고, 먹을 것과 탄약만 있으면 아무리 많은 해적도 당해 낼 수 있을 것 같지?"

"그럼요."

두 사람은 본선에 도착했다. 와 보니 또다른 일이 벌어져 있었다.

갑판의 해적 여섯 명을 처치하기 위해 트렐로니 씨와 선장은 치밀하게 짜 놓았던 계획을 실행했다. 가장 충실한 하인 레드루즈에게 선실과 선원들이 있는 방과 통하는 복도를 지키게 하고, 트렐로니 씨가 화약 상자, 소총, 먹을 것, 술통, 약 상자 같은 것을 보트에 옮겨 놓기 좋도록 지키고 있는 그 사이, 선장은 권총을 여러 개 차고 해적들이 있는 곳으로 다가갔다.

"잘 들어라. 너희들 중에 반항하는 자가 있으면 저승으로 보내 주겠다. 또 섬으로 신호를 보내는 자도 고깃밥을 만들겠다."

해적들은 갑작스런 공격에 어찌할 바를 몰랐다. 그들은 부들부들 떨고 있었다.

이 때 리버시 씨와 헌터가 본선에 도착했다.

리버시 씨는 통나무집이 수비하기도, 또 공격하기에도
가장 좋은 장소라고 말했다.

"그럼, 빨리 준비합시다."

해적들을 권총으로 위협하고 있는 동안, 리버시 씨는
헌터와 함께 화약, 소총, 먹을 것 등을 보트에 옮겼다.
짐을 다 실은 보트는 섬을 향해 1차로 떠나게 하고,
선장은 해적들을 선실에 가두었다.

"쓸데없는 짓을 하면 목숨이 날아갈 줄 알아라."

스몰렛 선장은 엄숙하게 위협했다. 해적들은 자기들의
음모가 발각될 줄은 꿈에도 생각지 않았기에,
미처 반격할 엄두조차 내지 못하고 있었다.

보트는 쏜살같이 나아갔다. 리버시 씨, 헌터, 조이스가
보트에 탔다. 잠시 뒤 보트는 해안에 닿았다. 세 사람은
총과 짐을 메고 통나무집에 이르렀다. 보트의 짐을 전부
통나무집으로 운반한 뒤에 조이스와 헌터를 남아 있게
하여 적의 공격에 대비하도록 했다.

그리고 리버시 씨는 혼자 보트를 타고 본선으로 돌아갔다.
남은 짐을 모두 싣고 와 적을 꼼짝 못 하도록 하자는

계획이었다. 보트에다 실을 수 없는 화약과 무기는
바닷속에 던져 버렸다. 아깝지만 할 수 없는 일이었다.
적의 손에 들어가 화를 가져오는 것보다는 나았기 때문이다.
이렇게 해적들을 선실에 남기고 보트에 모두 올라탄 선장
일행은 섬을 향해 열심히 노를 저어 나갔다. 그러나 워낙
짐을 많이 실은데다 썰물이 시작되는 시간이어서 보트가
빨리 나아가지 못했다.

"짐을 너무 많이 실은 모양이군요."

"힘을 합해 저어 봅시다."

일행은 땀을 흘리며 열심히 저었지만 좀처럼 앞으로
나아가지 않았다. 그 때였다.

"대포를 쏘려고 한다. 대포……."

"대포를?"

히스파니올라 호에서 해적의 잔당들이 포를 쏘려고
운반하는 모습이 보였다.

"아아, 저 놈들이 저걸 움직일 줄은 몰랐어. 큰일났구나!"

보트에 급하게 짐을 싣고 운반하느라 미처 포 생각은 못 한
것이다. 그러나 이미 때는 늦었다. 그들은 벌써 포문을 열고
화약과 탄환을 장전하는 것 같았다.

"이 보트를 쏠 작정인 모양인데, 한 방만 맞으면

우리는 가루가 되고 말 거다."

트렐로니 씨는 매우 분한 듯 이를 악물었다.

"큰일났는데요. 보트는 조류를 타고 앞으로 잘

나아가질 못하고, 저 놈들은 포를 쏘려고 하고."

리버시 씨도 침착함을 잃은 것 같았다. 이 때 선장이

침착한 소리로 말했다.

"실망해서는 안 됩니다. 저 해적 가운데는 포술에 능한

사람이 있습니다. 우리 중에 누가 사격술에 능한지

먼저 겨냥하여 쏘도록 하시오."

"트렐로니 씨, 한 방 쏘시오. 당신밖에

없는 것 같으니, 빨리……."

트렐로니 씨는 모든 것을 운명에 맡긴다는

침착한 표정으로 총을 잡아 겨냥하고 두 방을 쏘았다.

'타앙! 타앙!'

총알은 해적 한 사람을 쓰러뜨렸다.

총 소리를 듣고 섬에 있던 실버의 무리들이

해안 쪽으로 '와' 하고 몰려들었다.

"큰일이다."

해안에는 실버가 이끄는 해적들이 있고, 히스파니올라
호에서는 대포를 쏘려고 했다. 마침 실버가 있는 해안 쪽과는
상당히 거리가 떨어져 있어 상륙할 때까지는 저들이 그 곳에
접근하지 못할 것이었다.

"운명에 맡기고 힘껏 젓는 수밖에 없다."

그 때, '쾅!' 하고 하늘을 진동하는 포성이 울림과 동시에
집채만한 물결이 보트를 덮쳤다. 다행히 포탄은 보트를 비껴
갔지만, 보트는 심한 파도에 중심을 잃었다.

"조심하라!"

선장의 외침에 따라 있는 힘을 다해 해안 쪽으로 노를 저었다.
다행히 바닷물이 얕아 발이 땅에 닿았다. 보트는 기슭
가까이까지 왔던 것이다.

그들은 무사히 육지에 오를 수 있었다.

"어디 다친 데는 없지요?"

"빨리 통나무집으로 갑시다."

이 때 실버 일행은 육지로 상륙하는 보트를 보고 달려오다가
물건을 실은 보트가 포탄에 맞아 격침되는 것을 보고
환호성을 올렸다.

"그러면 그렇지. 별수없는 녀석들이로군!"

실버가 의기양양하게 떠들었다.

"빨리 갑시다. 혹시 통나무집이 위험할지도 모릅니다.
녀석들의 일부가 그 쪽으로 간 듯하니까요."

리버시 씨는 서두르며 말했다. 그들은 넘어지기도 하며 급히
통나무집을 향해 뛰었다. 아니나 다를까. 리버시 씨가
우려했던 대로 해적들도 통나무집을 자기들 요새로 삼으려
그 쪽으로 가고 있었다. 실버는 그 쪽 지리를 잘 알기에
미리부터 부하들에게 명령했던 것이다.

"빨리 뛰어! 먼저 안으로 들어가야 한다."

이 쪽 편도 선장의 지휘에 따라 온 힘을 다해 뛰었다.

뛰면서 그들은 총에다 탄환을 장전했다. 통나무집에

거의 다 와서 해적들과 맞부딪치게 되었다.

"쏘아라!"

선장의 명령에 따라 방아쇠를 당겼다. 이와 동시에 통나무집

쪽에서도 두 방의 총성이 들려왔다.

이 총에 해적 두 명이 쓰러졌다.

"앗, 총이다!"

"도망가자."

해적들은 총을 가지고 있지 않았기에 갑작스런 총탄을 맞고

도망했다. 리버시 씨 일행은 다시 총알을 재면서 집 안으로

들어갔다. 이 싸움에서 해적이 던진 칼에 트렐로니 씨의 가장

충실한 하인 레드루즈가 숨졌다.

"아깝다. 여기까지 와서 이렇게 비참한 최후를 맞다니!

그대의 희생은 결코 헛되지 않으리라."

이 때 본선에서 쏜 포탄이 통나무집 근처에 와서 폭발했다.

"저 놈들이 우리가 있는 위치를 짐작했나 보다."

또 하나의 포탄이 통나무집을 지나 가까운 숲 속에 떨어졌다.

요란하게 울리는 포성과 함께 화약 냄새가 바람에 날려 왔다.

그러나 리버시 씨는 조금도 두려워하는 표정이 아니었다.

"마음껏 쏘아 보라지. 히스파니올라 호에는 화약이 얼마

남아 있지 않으니까."

리버시 씨의 말에 모두들 얼굴이 밝아졌다.

"우리에게는 지금 화약이나 탄환, 소총도 많이 있습니다.

그러나 한 가지, 여기서 저들과 오래 버티려면 식량이 많아야

하는데 우리는 지금 식량이 얼마 남아 있질 않습니다.

싸움을 오래 끌면 저들보다 우리가 불리해집니다."

선장의 침착한 말에 트렐로니 씨도 한 마디 했다.

"그렇습니다. 지금 여기서 방비만 하고 있을 게 아니라,

침몰된 보트로 식량을 가지러 갑시다. 아까는 썰물이었으니

지금쯤 해안 어디쯤에 짐이 있을 겁니다."

"그런데 누가 그것을 가지러 가죠? 위험할 텐데."

"제가 가겠습니다."

"저도 가겠습니다."

그레이와 헌터가 나섰다.

"그러면 자네들이 갔다 오게. 만약 무슨 일이 있으면

총을 세 번 쏘아 신호하도록 하게."

선장의 엄숙한 지시였다.

"네, 알겠습니다."

두 사람은 땅거미가 져 가는 해안 쪽으로 조심스럽게
다가갔다. 바닷가에 가자, 해적들이 벌써 그 보트에서
짐을 실어나르고 있었다.

더욱 놀라운 일은, 어디서 구했는지 소총을 한 자루씩 들고
해안 쪽을 철통같이 경계하고 있었다.

"큰일이다. 저 놈들이 어디서 소총을 구했을까?
빨리 선장에게 보고하자."

두 사람은 급히 통나무집으로 돌아왔다. 해적이 총을
가지고 있지 않은 것을 다행으로 생각했는데,
그들은 무장을 하고 있었던 것이다.

"실버는 노련한 해적이니까, 우리 몰래 총을
감춰 두었을 겁니다."

"그러나 총알은 많지 않을 겁니다."

선장 일행은 침울한 표정으로 말을 주고받았다.

"우리는 통나무집을 지키고 방어할 수밖에 없습니다.
공연히 밖으로 나갔다가 한 사람이라도 희생되면 우리 쪽만
큰 타격을 입게 되니까요."

"그렇지요, 마음을 단단히 먹고 싸웁시다. 저들이 공격해 올
겁니다."

이런 얘기를 하고 있는 동안 선장은 침착한 표정으로 항해
일지를 기록하고 있었다.

〈 보물섬에 도착하자 적 실버 일행이 반란 음모를 나타내다.
히스파니올라 호 적에게 점령됨. 트렐로니, 리버시 일행
통나무집에 은신. 몹시 더움. 토탄 날아오다. 짐 행방 불명. 적도
총을 가지고 있다. 〉

이렇게 일지를 기록하고 있는데 사람이 외치는 소리가
들려왔다. 해적들이 있는 곳과 반대쪽 산기슭에서 들리는
소리였다. 보초를 서고 있던 헌터가 말했다.

"선장님, 누가 우리를 부르는 것 같습니다."

"가만있자, 소년의 목소리 같다."

자세히 들어 보니 짐의 목소리였다.

"어이, 짐. 여기다, 여기……."

리버시 씨가 외쳤다. 짐은 소리를 들었는지 더욱 가까운
곳에서 외쳤다.

"저 짐이에요, 리버시 선생님."

짐은 통나무집으로 모습을 나타냈다.

"짐, 살아 있었구나!"

"방금 항해 일지에 너를 행방 불명이라고 기록했는데."

통나무집 안에서는 기쁨에 찬 목소리가 울려 나왔다.

"그 동안 어디에 있었니?"

모두들 짐의 모험을 듣고 싶어하는 표정들이었다.

짐의 이야기를 듣고 놀란 것은 삼 년 전에 이 섬에 상륙해

살아 있다는 벤건에 관한 이야기였다.

"제가 벤건과 얘기를 하고 있을 때 요란한 포성이 들려왔어요.

그래서 전투가 벌어진 줄 알고 배에 돌아가려고 했어요."

"배로 돌아가다니, 뭘 타고 가려고 했니?"

"벤건이 만들어 놓은 보트가 있는데, 그걸 타고 갈

작정이었지요. 그런데 해안 가까이 가 보니 히스파니올라

호에는 해적의 깃발이 꽂혀 있잖아요."

"그 기를 처음 알아본 것은 누구냐?"

선장이 물었다.

"벤건이에요. 벤건이 그 기를 보고 '짐, 안 되겠다. 저 배는

해적들이 이미 점령했나 보다. 선장 일행은 이 섬 어디에 있을

거다.' 하고 말해서 여기저기 찾아다녔어요."

"벤건은 어디 있냐?"

선장의 물음에 짐이 대답했다.

"저하고 줄곧 같이 행동했는데, 여기서 외치는 소리를 듣고 나보고 먼저 가 보라고 했어요. 그리고 아저씨들에게 자기의 이야기를 잘 해 달라고 했어요."

"그리고 또?"

"제가 혹시 실버를 만나게 되면 자기 이야기는 하지 말아 달라는 부탁도 했어요."

"그러니까 실버 편은 아니겠구나!"

"네, 틀림없어요."

리버시 씨는 감탄하며 말했다.

"참 놀라운 일이로구나! 플린트 선장이 죽이려다 놓친 벤건이 이 섬에 살아 있었단 말이지? 그런데 그 놈은 믿을 수 있을까?"

"자꾸만 물으시니 잘 모르겠네요. 벤건은 자기가 세상에서 제일 부자라고, 미친 사람처럼 말하기도 했어요."

"오랫동안 혼자 있었으니 미쳤을지도 모르지. 짐, 다음부터는 이런 위험한 행동을 하면 안 된다. 알겠지?"

선장의 엄격한 명령에 짐은 고개를 숙이고 대답했다.

"네."

선장은 곧 엄숙한 얼굴로 모두에게 명령을 내렸다.

"이제 적이 곧 쳐들어올 것입니다. 적이 나타나기 전에 방비를 튼튼하게 해야 합니다. 리버시 씨와 그레이, 짐은 방비를 맡고, 트렐로니 씨와 조이스, 헌터는 한 조가 되어 교대에 임하도록 하시오."

인원은 적었지만 선장의 믿음직한 명령에 순순히 따랐다.
선장의 명령에 트렐로니 씨도 절대 복종의 뜻을 나타냈다.
통나무집에는 사방에 적을 방비할 울타리도 있었다. 이제 세
배의 적이 몰려온다 해도 당해 낼 수 있을 것 같았다.
다만, 식량이 부족한 것이 문제였다. 만약 적이 이것을 알고
오랜 시간을 끌면 불리할 것이 확실했다. 그러나 적은 모두
사나운 해적들이었다. 성격이 사납고 급한 사람들이라 이런
것을 생각하지는 못할 것이다.
"그 동안 죽은 사람도 있고 해서 적은 많아야 열여섯 명쯤 될
것입니다."
선장은 용기를 주려고 정확한 숫자까지 말했다.
"그뿐 아니라, 이 섬에는 열병이 많이 떠돌고 있을 겁니다. 저
놈들처럼 매일 독한 럼주를 마시고 배를 내놓고 자면 병에
걸려 죽고 말 것입니다."
리버시 씨는 의사답게 위생적인 면을 지적했다. 그러나
해적들이 열병으로 쓰러질 것을 기대하다가는 우리 편의
식량이 먼저 떨어질지도 모르는 일이었다. 선장 일행은 몸과
마음의 준비를 단단히 하고, 용기를 내어 적의 공격을
기다리고 있었다.

흰 기를 들고 나타나다

밤새도록 해안가에서는 럼주에 취해 떠드는 해적들의
시끄러운 노랫소리가 들려왔다. 이제나 저제나 하고 해적들이
습격해 오기를 기다렸으나 해적들은 오지 않았다.

아침이 되었다. 섬의 아침은 일찍 오는 것 같았다. 트렐로니
씨가 교대하여 경비를 하고 있을 때였다. 울타리 너머 저
쪽에서 해적 하나가 흰 기를 흔들며 다가왔다.

"선장님, 해적이 흰 기를 들고 나타났습니다!"
조이스가 선장에게 보고했다. 모두 총을 겨누고
경계하며 살폈다.

"휴전 깃발이다."

해적은 이렇게 외치며 겁없이 다가왔다.

"선장, 실버도 왔습니다."

트렐로니 씨가 외쳤다. 실버가 해적 한 명에게 흰 기를

들려서 다가왔다.

"흠, 저 놈이 무슨 꿍꿍이속이 있어 저러지? 조심해야겠다."

선장도 해적의 대장 실버가 오는 것을 의아스럽게

생각하며 말했다.

실버가 울타리 밖까지 다가왔을 때였다. 선장은 모두에게

경계 태세를 명령한 뒤, 실버 일행에게 큰 소리로 말했다.

"더 이상 다가오면 쏜다."

"휴전 깃발이다."

실버도 큰 소리로 응수했다.

"찾아온 용건을 말하라!"

"의논할 게 있어서 왔다."

"빨리 말하라!"

"우리는 너희들과 싸우고 싶지 않다. 부하들이 나를

히스파니올라 호의 선장으로 뽑았다. 너희들이 비겁하게

달아났기 때문이다. 휴전 깃발을 가지고 온 나에게 총을

쏘지는 않을 테지?"

"비겁한 건 우리가 아니라 네 놈들이다. 쏘지는 않을 테니 더 가까이 와도 좋다."

선장은 엄하게 말하며 실버가 담을 넘어오는 것을 뚫어지게 살폈다. 실버는 나무 지팡이를 울타리 너머로 휙 던지더니 잽싸게 훌쩍 뛰어넘었다. 실버가 다가서자 선장이 명령했다.

"자, 되었다. 더 오면 쏜다. 그만하면 이야기할 수 있겠지?"

"선장 각하, 사람을 이렇게 푸대접하긴가? 안으로 들여보내 주시지."

"안 된다. 더 다가서면 지금 당장 지옥으로 보내 주겠다."

선장의 단호한 태도에 실버는 멈춰 섰다. 실버는 비꼬는 듯한 얼굴로 주위를 둘러보며 말했다.

"참 좋은 곳을 차지하셨군. 히스파니올라 호의 선장으로서 먼저 너희들에게 인사한다."

"쓸데없는 소리는 말고 용건만 말하라."

선장은 실버의 입에서 자칭 선장이라는 말이 나오자 불쾌한 빛을 감추지 못하고 말했다.

"좋아, 말하지. 어젯밤의 손님은 쓸 만하더군. 우리가 럼주에 취한 틈을 타서 한 놈을 보내어 내 부하를 죽였지? 내가 조금 미리 깼더라면 그 놈의 모가지를 가지고 너희들에게 왔을 거다. 목숨이 살아 돌아간 것을 다행으로 알아!"

실버는 알 수도 없는 말을 지껄였다. 선장도 그게 무슨 말인지 알 수가 없었다. 그러나 짐은 무엇인가 짚이는 것이 있었다. 벤건임에 틀림없다. 아마 치즈를 훔치러 해적의 소굴로 들어갔을지도 모른다. 선장은 짐짓 태연한 태도로 실버의 동작만을 뚫어지게 쳐다보았다.

실버가 입을 열었다.

"용건을 간단히 말하겠다. 너희들은 플린트 선장의 지도를 가지고 보물을 찾으러 온 놈들이지?"

"그렇다면?"

"너희들이 그 보물 지도를 가지고 있는 것이 틀림없다. 그런데 그 보물 지도는 우리 것이야. 너희들은 그걸 가질 자격이 없어. 지금이라도 보물 지도를 넘겨 준다면, 너희들의 목숨은 살려 주고, 본국까지 무사히 돌려보내 주겠다. 기회는 한 번밖에 없다. 선장, 혼자서 결정할 수 없으면 의논해서 빨리 결정하도록 하라!"

의기양양한 실버의 말을 다 듣고 난 선장은 화가 머리끝까지 치밀어올랐지만 꾹 참고, 실버의 말을 끝까지 들을 필요가 없다는 듯이 말했다.

"함부로 혓바닥을 놀리면 황천으로 보내 주겠다. 네놈이 할

말이란 그것뿐인가?"

벽력 같은 선장의 말에 실버도 더 이상 승산이 없는 것을 알고

말했다.

"그것뿐이다. 두고 보자, 네놈들의 해골을 이 섬에 영원히

남겨 놓겠다."

"마음대로 해라. 이번만은 무사히 돌려보내 주마. 다음에 만날

때는 황천으로 보내 주겠다."

스몰렛 선장은 강경하게 말했다.

"알겠다. 곧 다시 올 테니 그 때까지 기다려라. 이 통나무집도 날려 버리고 말 테다."

실버는 재빨리 울타리를 넘어 사라졌다.

실버가 사라지자 선장은 모두에게 말했다.

"여러분, 우리는 용기를 내어 해적의 무리와 싸울 각오를 해야 합니다. 저들은 한 시간 내에 쳐들어올 것입니다. 자기가 맡은 위치에서 벗어나지 마십시오. 우리는 해적들보다 숫자는 적지만 튼튼한 방어막이 있습니다. 우리는 총과 탄약을 충분히 가지고 있지만 저들은 부족합니다. 이 싸움에서 우리는 틀림없이 승리합니다."

선장은 신념에 찬 목소리로 각자 맡은 자리에서 적의 공격을 최대한으로 막을 것을 당부했다. 통나무집 안에는 총이 여벌로 더 있었다. 그것들도 모두 탄약을 장전해 놓고, 급할 때 사용할 수 있도록 손이 닿는 곳에 두었다.

"자, 그러면 각자 맡은 자리에서 아침을 먹도록 하시오. 짐, 너는 음식을 날라라."

선장 일행은 아침을 먹으면서 여전히 밖을 감시하는 일을 게을리하지 않았다.

해적의 침입

해적들은 좀처럼 나타나지 않았다. 10분, 20분, 30분,
1시간이 지나도 적은 보이지 않았다. 통나무집에서는 그래도
긴장을 풀지 않고 감시했다. 구슬 같은 땀방울이 송골송골
맺혀 얼굴로, 등으로 흘러내렸다.

"빌어먹을 녀석들, 올 테면 빨리 오지."

이 때 서쪽 창문을 방어하고 있던 조이스가 침착하게 물었다.

"선장님, 적이 나타나면 쏴도 되죠?"

"물론이다. 발포해도 좋다."

조이스의 눈에 적이 보였던 모양이다. 조이스는 어깨에 총을
올려놓더니 '타앙' 하고 일격을 가했다. 총 소리는

통나무집이 떠나갈 듯이 울렸다. 그 때 적 쪽에서도 사격을
가해 왔다.

'탕, 탕, 탕……!'

불을 뿜는 듯한 총성이 양쪽에서 울려 왔다.

"총알이 제일 많이 날아온 쪽이 어딥니까?"

선장이 물었다.

"북쪽이오. 예닐곱 명은 되는 것 같습니다."

사격의 명수인 트렐로니 씨가 대답했다. 선장은 적의 공격에
대비해 작전 계획을 짤 때, 적이 북쪽으로 올 것을 예상했다.
그래서 사격에 능한 트렐로니 씨에게 북쪽을
지키도록 했던 것이다.

"적은 북쪽으로 올 것이 틀림없지만 다른 곳도 소홀히 해서는
안 됩니다. 자기 자리에서 죽음을 각오하고 대비하기
바랍니다."

선장은 강경하게 말했다.

이 때 적이 북쪽에서 몰려왔다.

"와아, 와아!"

한꺼번에 밀물처럼 몰려왔다. 리버시 씨가 방어하고 있던
곳에서도 불을 뿜었다. 트렐로니 씨는 신나게 적을

쓰러뜨렸다. 울타리를 넘어오던 해적 세 명이 쓰러졌다.

그러자 나머지 네 명이 울타리를 넘어 칼을 빼 들고

통나무집을 향해 돌진해 왔다. 미처 총을 쏠 사이도 없이

백병전이 벌어질 참이었다.

헌터가 지키고 있던 곳까지 적이 이르렀다. 이제 총을 쏠 수는

없었다. 칼을 빼 들고 싸우는 수밖에 없었다. 이 때 적이

내려친 칼에 헌터는 붉은 피를 내뿜으면서 쓰러지고 말았다.

선장은 침범한 적을 물리칠 때까지 칼을 빼 들고 방비하라고

명령하고 자신도 칼을 빼어 들었다.

칼날이 쩡쩡 부딪치는 백병전이 벌어졌다. 이 칼싸움에서는

리버시 씨가 크게 활약했다.

"자, 받아라!"

힘있게 내려치는 칼날에 적은 쓰러지고 또 쓰러졌다.

트렐로니 씨에게 정면으로 돌진해 오는 적도 리버시 씨의

일격에 거꾸러지고 말았다. 적은 모두 쓰러졌다.

선장 일행이 승리는 했지만 이 쪽의 피해도 적지 않았다.

헌터가 칼에 맞아 죽었고, 조이스도 적탄에 전사했다. 선장도

적의 칼날에 맞아 심한 상처를 입었다.

이번 싸움으로 적은 일곱 명이 죽었다. 이제 적은 많아야 아홉

명 정도가 남았을 것이다.

많은 피해를 입었지만 적을 물리친 것은 큰 다행이었다.

그러나 무엇보다도 큰 걱정은 스몰렛 선장이 부상을 입은
일이었다.

"리버시 씨, 선장의 상처는 어느 정도입니까?"

트렐로니 씨의 물음에 리버시 의사는 대답했다.

"생명에는 위험이 없겠지만 큰 상처입니다. 다행히 급소는
맞지 않았어요."

"다른 징조는 없습니까?"

"글쎄, 기온이 워낙 높아서 다른 열병이라도 생길까 봐
걱정입니다. 절대 안정이 필요합니다."

"선장이 완쾌되도록 최선을 다해 주기 바랍니다."

이제 기운을 쓸 수 있는 사람은 트렐로니 씨와 리버시 씨, 짐,
그레이, 이렇게 네 명밖에 안 되었다.

이 때 짐의 머릿속에 벤건이 떠올랐다. 그 사람이 멀쩡한
정신을 가지고 있다면 우리 편이 될지도 몰랐다.

짐은 사람들과 이 문제를 의논했다. 결국 리버시 씨가 벤건을
찾아 나서기로 했다.

리버시 씨는 떠난 지 두 시간이 지났는데도 돌아오지 않았다.

해가 중천에 떠올라 찌는 듯이 덥고, 시체 썩는 냄새가
지독했다.

이러한 곳에서 짐이 해야 할 일은 통나무집을 깨끗이 하는
일이었다.

짐은 열심히 일하면서도 리버시 씨 생각을 했다. 무사히
갔을까? 벤건이 놀라서 만나 주지 않는 것은 아닌가? 여러
가지 생각이 오락가락했다.

그 때 그에게 한 가지 생각이 떠올랐다. 짐은 아무에게도
말하지 않고 생각을 실천에 옮기기로 결심했다. 모험을
하려는 것이었다.

짐은 주머니에 비스킷을 잔뜩 넣고, 권총을 양쪽 허리에 찼다.
그러고는 아무도 자기를 지켜보지 않는 틈을 타서 울타리를
넘었다. 짐이 울타리를 넘어 나무들 사이로 사라지는 모습을
본 사람은 아무도 없었다.

짐은 물론 자기의 이러한 행동이 잘못이라는 걸 알았다.
그러나 그의 호기심과 모험심을 억누를 수 없었다.

짐이 생각한 것은 벤건의 보트가 있다는 흰 바위 쪽으로
남몰래 가는 것이었다. 그는 조심조심 앞으로 갔다.

얼마쯤 갔을까? 흰 바위 근처 움푹 팬 잔디 늪 쪽에 보트 같은

것이 보였다. 다가가 자세히 보니 염소 가죽을 나무로 펼쳐서
만든 보트였다. 보트 안에는 노도 있었다.

히스파니올라 호 돛대 꼭대기에 해적의 깃발이 바람에
나부끼고 있었다. 그 배를 물끄러미 바라보니 갑자기
생각이 떠올랐다.

'보트를 타고 저 배로 가서 해안에 매어 놓은 닻줄을 끊어
버리자!'

참으로 어리석은 생각이었다.

짐은 날이 어두워지기를 기다려 보트를 타고 히스파니올라
호로 살살 저어 나갔다. 노 젓는 일은 쉽지 않았다. 다행히
보트는 가벼웠다. 보트를 저어 나가면서 거센 물살을
만나기도 했지만 간신히 닻줄을 잡을 수 있었다.

짐은 주머니에서 칼을 꺼내 닻줄을 있는 힘껏 자르기
시작했다. 닻줄은 강철처럼 팽팽했다.

'팽팽해서 안 되겠는데. 이대로 줄을 끊어 버리면 내가 탄
보트가 날아가 버리고 말 것이다.'

이렇게 생각하고 중단하려고 하는데, 갑판 쪽에서 술 취한
해적의 고함 소리와 싸우는 소리가 들렸다.

'아! 저 놈들한테 들킨 게 아닐까?'

그러나 그렇지 않았다. 해적들끼리 서로 싸우고 있는
것이었다. 해적들은 혀가 돌아가지 않는 목소리로 욕을
사납게 하며 술병을 서로 던지기도 했다.

그러는 사이에 짐이 잡고 있던 밧줄이 갑자기 느슨해지는
것이 아닌가? 바람이 조수의 반대 방향으로 불어 선체를 해안
쪽으로 움직여 놓은 것이다.

이 때라고 생각한 짐은 재빨리 칼을 꺼내어 밧줄을 끊었다.
히스파니올라 호는 조수에 따라 떠내려가기 시작했다.

짐이 탄 보트는 그 때문에 몹시 흔들렸다. 파도가 짐의 얼굴을
때렸다. 짐은 위험을 느꼈지만 침착하게 모자를 벗어 보트에
들어온 물을 퍼냈다. 그리고 보트에 납작 엎드렸다.

짐은 기운이 빠져 흰 바위 쪽으로 노를 저어 갈 수 없었다.
몹시 지치고 배가 고팠다. 비스킷을 꺼내 먹었다. 그리고
자기도 모르게 피곤에 지쳐 그만 잠이 들어 버렸다. 조그만
보트는 물결을 타고 흘러 떠내려갔다.

이튿날 아침이 되어서야 짐은 깨어났다. 눈을 떠 보니 보트는
섬의 왼쪽 기슭에 떠내려와 있었다.

짐은 히스파니올라 호가 반 마일밖에 떨어지지 않은 곳에
있는 것을 보고 놀랐다. 배에는 아무도 없는 것 같았다. 이

쪽으로 저 쪽으로 저 혼자 떠다니는 것 같았다.

'어젯밤에 소리지르고 싸우던 해적들은 어디로 갔을까?

섬으로 갔을까? 아직도 그냥 배에 있을까? 모두 죽었나?

술에 취해 잠들었을까?'

짐은 생각했다.

'내가 저 배에 올라갈 수 있다면, 아마 저 배를 스몰렛

선장에게 몰고 갈 수 있을지도 모른다.'

이렇게 생각한 짐은 보트를 히스파니올라 호가 있는 쪽으로

몰았다. 그러나 보트는 말을 듣지 않았다. 노를 그 쪽으로

저어도 물결에 밀려 보트는 반대 방향으로 나갔다.

아무리 애써도 헛수고였다. 그래서 배에 가는 일은 포기할

수밖에 없었다.

그 때였다. 바람 부는 방향이 변해 그 큰 배가 보트 있는

쪽으로 서서히 움직이는 것이 아닌가? 짐은 기회를 잡으려고

단단히 결심을 하고 기다리고 있었다. 그러자 옆으로 큰

파도를 받은 히스파니올라 호가 보트 위에 덮치듯이

기울어지고, 가죽 보트는 또다른 파도를 타고 높이 밀려

올라갔다.

'이 때다!'

짐은 갑판에 처져 내려와 있는 가름대를 재빨리 붙잡았다.
그리고 마치 나뭇가지에 매달린 원숭이처럼 줄을 타고
모선으로 올라갔다. 벤건의 조그만 배는 파도에 밀려
떠내려가 버렸다.
갑판 위에는 해적 두 명이 피를 쏟은 채 아무렇게나 쓰러져
있었다.
'두 사람 모두 죽었구나!'
짐은 생각했다.
그런데 해적 한 명이 움직이더니 무어라고 중얼거렸다. 그는
이스라엘 한스라는 해적이었다. 한스는 짐을 보자 아주 약한
목소리로 말했다.
"브랜디 좀 갖다 줘."
짐은 물탱크 있는 쪽으로 가서 실컷 물을 마셨다. 그리고 먹을
것을 찾으러 선실로 내려갔다. 거기에는 치즈와 비스킷, 먹다
남은 음식들이 있었다.
짐은 한스에게 주려고 브랜디 한 병을 들고 갑판 위로
올라왔다. 이왕 죽을 사람이니 소원대로 술을 먹이자는
생각에서였다.
한스는 짐이 갖다 준 술을 마시더니 얼굴색이 조금

되살아났다.

"너는 어디 갔다 왔니?"

한스는 힘없이 물었다.

짐은 똑바로 서서 매우 거만한 자세로 한스를 내려다보았다.

"나는 말이야, 이 배를 가지러 왔어. 이제 내가 이 배의
선장이다. 나보고 선장이라고 불러라. 너희들의 기를
내리겠다."

짐은 해적의 기를 내려 바닷속에 던져 버렸다.

"너는 또 섬에 가고 싶겠지, 선장님?"

한스가 물었다.

"물론이지, 나는 히스파니올라 호를 몰고 북쪽 해안에
정박시키려고 한다. 거기에 스몰렛 선장님이 계시단 말이야."

"알겠어, 선장님. 내게 먹을 것과 술을 가져다 주고 내 다리의
상처를 붕대로 감아 준다면, 이 배를 그 쪽으로 가도록
조종하는 법을 가르쳐 주겠다. 그렇게 해 주겠어?"

한스가 물었다.

짐은 승낙했다. 짐은 한스의 다리 상처를 치료해 주었다.
한스는 짐에게 배를 조종하는 방법을 가르쳐 주어 배는
바람을 받고 잘 나갔다.

한스는 하루 종일 갑판 위에 쓰러져 있었다. 짐은 한스에게 먹을 것과 마실 것을 갖다 주었다. 짐은 한스가 다리에 심한 상처를 입어 움직일 수 없을 것이라고 생각했다. 그런데 짐이 다른 일을 하다가 우연히 곁눈으로 보니 한스는 조금씩 움직이고 있었다.

한스는 갑판을 기어서 밧줄을 가지러 가고 있었다. 아니, 밧줄을 가지러 가는 것이 아니라, 밧줄 옆에 있는 칼을 집어 바지 혁대에다 꽂는 것이었다. 그러고는 다시 제자리로 기어서 갔다.

짐은 모든 것을 보았지만 아무 말 하지 않았다.

'한스는 기회만 있으면 나를 죽이려고 하겠지.'

짐은 생각했다.

한스가 말했다.

"선장님, 담배 좀 잘라 줘. 기운이 없어서 입담배를 자를 수가 없어, 칼도 없고."

짐은 한스가 칼을 가지고 있는것을 알면서도 모르는 척하고 담배를 잘라 주었다.

배는 북쪽 해안 입구에까지 왔다. 한스는 좁은 입구를 조종해 들어가는 방법을 가르쳐 주었다. 쉬운 일이 아니었다. 짐은 일에 몰두하느라 한스의 동작을 살피지 못했다.

그 때 한스가 칼을 들고 다가오는 것을 보았다. 짐은 놀라
외마디 소리를 지르며 옆으로 피했다. 한스는 황소처럼
덤벼들었다. 그러다가 키에 몸을 부딪혀 비틀거리며 쓰러지고
말았다.

이 틈에 짐은 갑판 쪽으로 달아났다. 그리고 권총을 꺼내
한스를 겨누었다.

"자, 받아라! 한스."

짐은 한스의 가슴에 방아쇠를 힘껏 당겼다. 그런데 어찌 된
일인가? 방아쇠를 당기자 짤깍 하고 움직일 뿐 총 소리가 나지
않았다. 보트를 타고 오는 동안 물벼락을 맞아 화약이
바닷물에 젖어 버렸던 것이다.

큰일났다고 생각한 짐이 또다른 권총을 빼어 들려는데 한스가
쫓아왔다. 짐은 도망쳤다. 죽느냐 사느냐 하는 막다른
골목이었다. 갑판 위에는 여러 가지 도구들이 지저분하게
놓여 있었다. 그것들을 방패삼아 도망하기는 안성맞춤이었다.
한스는 넘어지고 일어나고 하면서 악착같이 쫓아왔다.

도망치고 쫓고 하는 무서운 술래잡기를 하는 동안, 배는
마침내 얕은 모래 바닥에 처박혔다. 배가 기울어지고 몹시

흔들렸다. 그 바람에 짐과 한스는 한쪽으로 굴러 내려갔다.

이제 짐과 한스와의 거리는 닿을락 말락 하게 가까워졌다.

한스가 꾸물대고 있는 사이 짐이 먼저 일어났다. 그러나 배가

이미 기울어져 있어 갑판 위로 더 이상 도망할 수는 없었다.

'이제는 죽었구나!'

이렇게 생각한 짐은 사방을 둘러보았다. 옆의 큰 돛대 밑에

밧줄이 쳐져 있었다. 짐은 밧줄을 타고 가름대로 도망쳐 갈 수

있었다. 가름대로 기어 올라간 짐은 급히 권총에 새 화약을

재었다. 다른 권총에도 만일에 대비해 화약을 재어 놓았다.

한스도 악마 같은 얼굴에 아까 슬쩍 챙겼던 칼을 입에 물고

기어 올라왔다.

"한 발짝만 더 오면 쏜다!"

짐은 한스를 무섭게 노려보며 외쳤다. 그러나 한스는 여전히

다친 발을 끌어올리며 신음 소리를 내며 기어올랐다. 그러다

그는 짐의 권총을 보고 멈칫했다.

"어서 단도를 바다에 던져라!"

짐의 명령에 한스는 입 속으로 웅얼거렸다.

"이 칼을 버리란 말인가?"

그러더니 갑자기 입에 문 칼을 짐을 향해 힘껏 던졌다. 희고

번쩍 하는 것이 짐 앞으로 휙 날아왔다.

"앗!"

정신 없이 얼굴을 돌린 순간 왼쪽 어깨에 칼을 맞았다. 칼날은
다행히 어깨를 스치고 웃옷을 꿰뚫은 채 돛대에 꽂혔다. 짐은
자기도 모르게 양 손에 들고 있던 권총의 방아쇠를 당겼다.

'탕! 탕!'

눈 앞에서 새파란 불꽃이 작열하며 요란한 총성이 울렸다.

"악!" 하는 비명과 함께 한스는 바닷속으로 떨어졌다.

짐은 몸서리가 쳐졌다. 어깨가 몹시 아팠다. 짐은 간신히
갑판으로 기어 내려와 상처난 곳에 붕대를 감았다.

배에는 짐 혼자밖에 없었다. 날이 어두워지기 시작했다.

'다행히 큰 상처는 아니다. 내가 이 배의 선장이다. 빨리 이
배를 스몰렛 선장에게 인도해야 한다.'

짐은 배에서 내려 보트를 타고 해안으로 갔다. 승리의 기쁨이
솟아올랐다. 통나무집에서 빠져 나온 죄는 크지만
히스파니올라 호를 탈환하여 선장에게 인도할 생각을 하니
자랑스럽기도 했다. 짐은 혼자 중얼거렸다.

"의사 선생님도 히스파니올라 호가 다시 되돌아온 것을 알면
기뻐할 거야."

적의 진지에서

짐이 통나무집에 이르렀을 때는 벌써 어두운 밤이었다.

짐은 담장을 살짝 넘어 통나무집으로 뛰어가며 생각했다.

'내가 한 일을 모두 숨기고 거짓말을 하여 놀래 줘야지.'

집 안은 조용했다. 통나무집 안에서는 코 고는 소리도

들려왔다.

'이상하다. 보초도 없이 잠을 자고 있다니?'

모두들 잠을 자고 있는 걸 보면 그 동안 아무 일도 일어나지

않은 것 같았다.

'보초도 없이 잠을 자는 것은 이상하다. 이 때 해적이

쳐들어오면 꼼짝 못 하고 죽을 게 아닌가? 리버시 씨는 그렇게

어리석은 분이 아닌데…….'

짐은 불안한 생각이 들어 살며시 안으로 들어갔다.

짐은 어둠 속을 조심조심 더듬으며 들어갔다. 그 때였다. 어둠 속에서 요란하게 외치는 소리가 들렸다.

"전투 준비, 쏴라, 쏴."

짐은 깜짝 놀라 멈췄다. 이게 어찌 된 일인가? 그것은 실버의 앵무새 목소리였다. 잠자던 사람들이 깼다.

"누구냐?"

실버가 소리쳤다.

짐은 두려움으로 가슴이 방망이질을 했다.

'실버가 여기에 어떻게 왔을까? 리버시 선생님은 어디로 갔을까?'

짐은 돌아서서 달아나려고 했다. 그러나 공교롭게도 해적의 가슴팍에 얼굴을 부딪치고 말았다.

"불을 켜라!"

실버가 소리쳤다.

한 해적이 밖으로 나가 타다 남은 모닥불을 가져왔다.

"아, 짐이로구나! 잘 왔어."

실버는 말했다.

짐은 정신을 차리지 못한 채 멈춰 섰다.

집 안에는 해적 여섯 명이 있었다. 실버는 짐을 알아보고 능청스럽게 농담을 했다.

"참 잘 왔다, 짐. 이 실버 아저씨를 놀라게 해 주어서 기쁘다."

그리고 앉아서 담배에 불을 붙이더니 계속 말했다.

"짐, 너는 지금 우리와 같이 있다. 통나무집도 있고, 먹을 것도 모두 여기에 있다. 그리고 배는 어디론가 떠내려가 버리고. 너는 어쩔 수 없이 우리와 같이 있어야 된다. 너는 우리의 포로야! 자 어떻게 하겠니, 우리 편으로 오겠니?"

짐은 용기를 잃지 않았다.

"그럼 한 가지 묻겠다. 지금 선장 일행은 어디 있나?"

짐이 뻣뻣이 서서 묻자, 해적 한 명이 대답했다.

"어리석은 녀석, 그걸 알면 행복하게?"

실버는 이 말에 성난 얼굴로 바라보았다.

"잠자코 있어! 알고 싶다면 말해 주겠다. 어제 아침 의사가 휴전 깃발을 들고 우리가 있는 야영지로 와서 말했다.

'실버 선장, 배가 없어졌다. 당신은 당신의 부하들한테 배반을 당한 거 아니냐? 그러니 당분간 휴전하자.' 하고 제안을 해 왔어."

실버는 무슨 생각을 했는지 짐에게 친절했다.

"우리는 잠이 다 깨지도 않았는데, 눈을 비비고 보니 정말
배가 보이지 않잖아? 깜짝 놀라 있는데, 의사는 또 말하더군.
당분간 화목하게 지내자고 하면서 협상을 하자고 하더라.
그리고 이 통나무집을 우리에게 비워 주고, 먹을 것도
우리에게 넘겨 준다는 거야. 사실 우리는 그 때 식량이 떨어져
굶어 죽게 될 형편이었지. 그래서 그 제안을 받아들이자,
그들은 이 집을
우리에게 넘겨 주고 어디론가 사라져 버렸어. 어디로
갔는지는 우리도 모른다."

실버의 말은 거짓말 같지가 않았다. 그러나 이상했다. 실버의
말대로라면 선장 일행이 살아 있는 것이 틀림없겠는데, 살기
좋은 통나무집을 내주고 간 것은 이해가 되지 않았다.

"그렇다면 부상을 입은 선장도 같이 있었겠군?"

"물론이지. 그들은 가면서 너 때문에 속을 태웠다고 했고,
은혜도 모르는 애라고 했지. 그들은 너를 비겁한 아이라고
생각하고 있어."

이 말을 듣고 짐은 말했다.

"그러니까 나보고 어느 편을 들 것인지, 당장 결정하란

말이지?"

"그렇다."

실버는 눈을 가늘게 뜨고 짐을 내려다보았다.

"그렇다면 말하겠다. 나는 죽는 것을 두려워하는 비겁한
사람이 아니다. 배를 탄 뒤 지금까지 많은 사람들이 죽어 가는
것을 이 눈으로 보았으니까. 지금 너희들도 여러 가지로
불리한 처지에 있다는 것을 알겠다. 배도 없어졌고, 보물도
손에 들어오지 않았고, 사람 수도 줄어들었고. 이게 누구
때문인지 말해 볼까?"

이렇게 말하며 짐은 해적들 하나하나를 뚫어지게 보았다.
해적들은 죽음을 두려워하지 않는 소년의 용기에 대해 이상한
느낌이 든 것 같았다.

"믿지 못하겠지만, 너희들의 모든 계획을 좌절시킨 건 모두 나
였다. 너희들이 해적이란 걸 처음 안 것도 나다. 섬이 보이던
그 날 밤, 사과통 속에서 너희들이 꾸미는 음모를 모두
들었다. 나는 너희들의 계획을 모두 스몰렛 선장에게 말했던
것이다. 히스파니올라 호의 닻줄을 끊고 멀리 떠내려 보낸
것도 나다. 그 배에 탔던 해적 두 명도 죽었다. 너희들은 이제
많은 부하를 잃었다. 그리고 보물도 찾지 못했다.

자, 나를 죽일 테면 죽여 봐라. 나는 조금도 두려워하지
않는다."

짐은 말을 멈추고 당당한 얼굴로 주위를 둘러보았다.

해적들은 화가 나 그 중 한 명은 칼을 빼 들고 짐을 죽이려

덤벼들었다.

"이 꼬마 녀석을 죽여 버리겠어."

"멈춰라! 선장은 나야. 이 소년에게 손대지 마! 당장

네 자리로 돌아가!"

실버가 외치자, 부하들은 불평을 했다.

"그런 놈을 왜 죽이지 못하게 하는가? 그는 우리의 모든

계획을 좌절시켰다. 우리의 동료들이 죽었고, 배도

잃어버렸다. 또 보물도 찾지 못했다. 모두 그 놈 때문이

아닌가?"

그 때 짐은 똑똑하게 말했다.

"실버, 너는 여기 해적들의 대장이다. 내가 너희들 손에 죽게

되거든 리버시 선생님께 전해 다오. 나는 결코 비겁한 사람이

아니라고."

실버는 자기의 계획이 다른 사람 아닌 이 조그만 소년 때문에

망치게 된 것이 분했다. 다른 부하들은 짐을 죽여야 한다고

야단이었다. 그러나 부하들의 오해를 받아 가며 실버는 짐의
편을 들어 주었다.

"이 꼬마는 주막집 아들이다. 플린트 선장의 보물 지도를 훔쳐
낸 것도 이 놈이었다. 이 녀석은 우리의 원수다."

몰간이라는 해적은 더 참을 수 없다는 듯이 칼을 들고 무서운
기세로 짐에게 덤벼들었다.

"참아라, 몰간. 나는 너희들의 선장이다. 나에게 거역하는
놈은 어떻게 되는가를 너희들이 잘 알지 않느냐? 바다의
물귀신이 되고 싶으냐?"

실버의 협박에 몰간은 입을 다물고 말았다. 그러나 부하들의
불평은 점점 커졌다.

계속 짐을 감싸 주었다가는 선장인 실버조차 부하들에게
참변을 당할 기세였다. 그러나 실버는 대해적의 우두머리답게
대담한 사람이었다.

"자, 너희들이 나를 어떻게 할 셈인가? 칼을 뽑고 나에게
덤벼들 자가 있으면 당장 나와라. 너희들을 이 담배가 다
타기도 전에 지옥으로 보내 주고 말겠다. 쓸데없이 군소리를
하는 놈은 없나? 이 애는 우리 편에 넣겠다. 이 애에게 손을
대는 놈은 가루를 만들어 놓겠다. 이것이 선장인 실버가

너희들에게 알리는 계획이며 훈시이다."

우렁찬 목소리로 위압하는 실버의 태도에 부하들은 풀이 꺾인
것 같았다. 그러나 그들은 한쪽 구석으로 모이더니 여전히
불만을 털어놓았다.

"실버 선장, 우리는 아무리 생각해도 선장의 결정을 이해할
수가 없다. 선장이 끝까지 고집한다면 할 수 없다. 우리는
밖으로 나가서 선원 회의를 하겠다."

해적 하나가 실버에게 이렇게 말했다. 해적들은 우르르
밖으로 나갔다. 집 안에는 실버와 짐만이 남았다.

실버는 짐에게 말했다.

"짐, 이제 너하고 나밖에 없다. 너는 내가 끝까지 지켜 주겠다.
나는 네가 조금 전에 말했듯이 보물을 찾는 일도 실패했고
설사 살아서 본국에 돌아간다 할지라도 사형을 당할 수밖에
없다. 이래도 끝이고 저래도 끝이다. 그러나 너를 살려 주면
네가 증인이 되어 교수형만은
면하게 될지 모른다. 네가 나에게 유리한 증언을 해 준다면
나는 본국에 가서 사형을 당하지 않을 것이다. 우리 서로
돕는 게 어때?"

영리한 짐은 실버의 속셈을 모두 알아차렸다. 실버는 보물이

탐이 나 많은 부하들을 가장시켜 히스파니올라 호에 타게
했고, 반란을 일으켜 배를 점령한 뒤 보물을 혼자 차지하려고
했으나 실패했다.

히스파니올라 호도 없어졌고, 만약 본국에 간다고 해도
해적이었으니 사형당할 수밖에 없었다. 그래서 짐을 구해
주고 자기의 운명이 위태로워질 때 짐의 도움으로 목숨만은

건지자는 생각이었다. 참으로 교활한 사람이었다.

"좋다, 내가 할 수 있는 데까지 너를 도와 주겠다."

"고맙다. 이것으로 너와 나와의 계약이 맺어졌다."

이렇게 이야기하고 있는 동안 부하들은 선원 회의가 끝나서 떠들썩하게 들어서더니 그 중 한 명이 실버에게 말했다.

"간단히 말한다. 선원 회의에서 당신의 선장직을 박탈하기로 했다. 우리와 같이 나가서 새 선장을 선출하자."

그러나 실버는 부하의 말에 코웃음을 쳤다.

"나는 어디까지나 너희들의 선장이다. 너희들의 불만을 들어 보겠다. 너희들의 불만이 정당할 때 나는 파면이다."

"이제 다시는 너에게 속지 않겠다. 우리의 불만이 알고 싶다면 말하지. 첫째, 이번 항해는 모두 실패했다. 둘째, 너는 적을 고의로 살려 보내 주었다. 너는 우리를 이용해 먹고 적당한 때에 네 실속만 차리려 든다. 셋째, 너는 적을 처치해 버리자는 것을 말렸다. 넷째, 너는 우리의 원수인 짐을 옹호하고 살려 두려 한다."

해적들은 품고 있는 불만을 논리 정연하게 말했다.

실버는 땀을 닦으며 해적들에게 말했다.

"너희들의 불만이란 그것뿐인가? 그러면 하나씩 대답하겠다.

첫째, 이번 항해가 나 때문에 실패했다고 했는데, 내 계획을
실패하게 만든 것은 네놈들이다. 나의 계획대로 했다면
히스파니올라 호는 벌써 우리가 차지하여 보물을 싣고
떠났을지도 모른다. 그런데 너희들이 조급히 서두는 바람에
이렇게 되었다. 둘째, 너희들은 내가 적을 고의로 살려
주었다고 했지? 그것은 모두 너희들 때문이었다. 이해가 안
가지? 우리가 식량이 없어 굶어 죽게 되었을 때, 그들과
화해하여 이 식량을 얻어먹고 지금까지 산 것이 아니냐? 그뿐
아니라, 그들을 살려 준 대가로 여기 보물 지도를 내 손에
넣게 된 것이다."

실버는 주머니에서 플린트의 보물 지도를 꺼내 보였다.
보물 지도를 보자 해적들은 눈을 크게 떴다. 그리고 보물
지도를 낚아채더니 서로 확인해 보기에 혈안이 되었다. 이
보물 지도만 보고도 해적들은 벌써 불만이 사라졌다. 그러나
실버의 이야기는 계속되었다.

"이 바보 같은 녀석들아, 내 말을 끝까지 들어! 셋째, 적을
처치하는 것을 내가 말렸다고 했지. 너희들에게 의사가 와서
약을 발라 준 것은 어떻게 생각하나? 머리가 깨진 놈, 팔이
부러진 놈, 그 의사가 죽었다면 너희들도 이 섬에서 쓸모없이

죽었다는 것을 왜 모르는가, 이 어리석은 자식들아.

넷째, 짐의 일만 해도 그렇다. 너희들은 앞뒤 가리지 않고
죽이려 하지만, 짐을 죽여서 무슨 이득을 얻을 수 있는가? 이
놈은 우리가 위급해졌을 때 우리를 방어해 주는 방패다. 이
아이를 잡아 두어야 배가 오면 우리가 탈 수 있어. 짐은
절대로 죽여서 안 된다."

실버의 말이 끝나자, 해적들은 실버 선장에게 항의한 것이
미안하다는 표정이었다.

"실버, 당신은 우리들의 선장이다!"

"선장, 그런데 이 보물은 어떻게 운반하지? 배가 없는데."

해적들은 보물 지도를 손에 넣은 기쁨으로 조금 전에 품었던
불만은 씻은 듯이 잊었다.

"너희들이 나를 계속 선장으로 받들겠다면 좋다.
받아들이겠다. 그러나 두 번 다시 선장에게 거역하는
놈은 한칼에 베어 버리겠다. 자, 그러면 아침이 될 때까지
자도 좋다."

실버의 웅변은 참으로 훌륭했다. 부하들은 길들여 놓은
양처럼 선장의 말에 순종했다. 모두 잠이 들었다.

보물 사냥

다음 날 아침이었다. 짐은 누군가 큰 소리로 외치는 바람에
놀라 일찍 잠을 깼다.

"의사가 오셨다! 의사다."

짐은 잠결이지만 의사가 왔다는 말에 정신이 들었다.

'리버시 선생님이 살아 계셨구나!'

짐은 기쁨이 넘쳤다.

실버는 통나무집 문으로 나가 의사를 맞았다. 집 안에 있던
해적들도 의사가 왔다는 말에 모두 일어섰다.

리버시 씨는 통나무집 울타리를 넘어 힘있게 들어왔다.

"안녕하십니까? 리버시 선생님, 오늘은 일찍 오셨습니다.

어서 들어오십시오."

"환자들은 괜찮은가? 과음하지는 않았나? 약은 제 시간에
먹었겠지?"

의사는 조금도 두려워하는 기색 없이 성큼성큼 들어왔다.
마치 친한 환자를 돌보러 오는 사람처럼 명랑했다.

"선생님 덕분에 환자들은 결과가 좋습니다. 오늘은 놀라운
소식 하나를 전해 드릴 게 있습니다."

"놀라운 소식이라니, 그게 무언가?"

"새 식구가 하나 들어왔습죠."

"뭐? 설마, 짐은 아니겠지?"

"바로 맞히셨습니다. 짐이 어젯밤에 왔어요."

의사는 잠시 생각하는 듯하더니 곧 집 안으로 들어왔다. 짐이
보였다. 그는 짐에게 고개를 끄덕이며 아는 체하더니 아무
말도 하지 않았다.

"자, 먼저 환자를 살펴볼까?"

리버시 씨는 환자들 곁으로 가서 상처에 붕대를 감기도 하며
열심히 치료를 했다.

"네 얼굴에 난 상처는 곧 낫겠다. 내가 준 약은 먹었나?"

"먹었어요."

"혀를 쑥 내밀어 봐. 말라리아에 걸리지는 않았나?"

혀를 내밀자 의사 리버시 씨는 한참 들여다보았다.

"아직 말라리아 같지는 않군. 하여간 나는 너희들을 모두 낫게 해서 본국으로 데리고 가 사형받는 꼴을 보고 싶단 말이야."

리버시 씨는 이러한 심한 농담도 거리낌없이 했다. 리버시 씨는 일일이 환자들을 진찰해 주기도 하고 약을 조제해 주기도 했다. 해적들은 어린아이처럼 의사의 지시에 공손히 따를 뿐이었다.

"이제 치료는 모두 끝났으니, 저 꼬마와 애길 좀 하고 싶은데."

"안 돼요!"

해적 한 명이 말했다.

"조용히 못 해! 좋아요. 그러나 짐이 여기서 도망치지 않겠다는 약속을 하지 않고는 보낼 수 없습니다. 짐, 약속할 수 있겠니?"

실버는 짐에게 물었다.

"약속합니다. 나는 비겁하게 달아나지는 않겠어."

짐이 대답했다.

"그럼 됐어. 내가 짐을 데리고 울타리 앞까지 갈 테니 선생은 울타리 밖으로 가서 기다리시오. 울타리를 사이에 두고 이야기하면 되지 않겠습니까?"

"좋다."

리버시 씨는 간단히 대답하고 먼저 울타리 밖으로 나가

짐과 실버가 나오기를 기다렸다.

실버가 짐을 데리고 통나무집을 나서려 하자,

다른 해적들이 소리쳤다.

"안 된다, 실버!"

"우리를 바보 취급하는 건가?"

"너 혼자만 저 놈들에게 환심을 사서 본국에 가면 혼자

이익을 챙기려는 거지? 비겁한 짓 하면 가만두지 않겠다."

실버는 부하들을 무서운 눈초리로 노려보며 말했다.

"잠자코 있지 못해! 너희들이 내 계획을 다 알 수 있나?

멍텅구리 같은 놈들아, 나는 오늘 이 보물 지도를 가지고

보물을 찾으러 갈 작정인데, 따로 계획이 있어서 그러는 거야.

끝까지 나를 방해할 작정이냐?"

실버의 위압적인 말과 태도에 눌려 부하들은 잠자코 있었다.

부하들도 무언가는 모르지만 실버의 계획을 방해해서는

안 되겠다는 생각이 들었다.

"짐, 천천히 걸어라. 빨리 가면 저 녀석들이 또 우리를

의심할 것이다."

실버와 짐은 울타리 앞까지 왔다. 실버는 밖에서

기다리는 리버시 씨에게 말했다.

"의사 선생, 부탁드릴 게 있습니다."

"말해 보게."

"나는 짐의 목숨을 구해 주었습니다."

"그래서?"

"그 점을 기억해 달라는 겁니다. 당신 말씀대로
나는 본국에 가면 사형감이지요. 그러나 목숨을 걸고
짐을 구해 주었습니다."

"네 부하들을 두려워하고 있는 모양이군?"

"그건 아닙니다. 짐 때문에 내 입장이 곤란해진 걸 말씀드리는
겁니다. 본국에 가면 나를 변호해 주시기 바랍니다.
이게 제 부탁입니다."

"알겠다, 실버."

실버는 말이 끝나자, 리버시 씨와 짐이 말할 수 있도록
거리를 두고 떨어져 있었다.

"짐, 살아 있었구나! 네가 이렇게 된 것은 네 잘못이야."

"용서해 주세요, 선생님."

"널 꾸짖지는 않겠다. 몰래 달아난 네 행동을
원망하고 있었지만……."

"선생님, 저도 후회했습니다. 어제도 실버가
도와 주지 않았더라면 해적들한테 죽었을 거예요."

"나는 너를 본 이상, 널 혼자 두고 갈 수가 없다.

어서 이 울타리를 뛰어넘어 오너라.

아무도 보지 않는 사이에 빨리 서둘러라!"

"안 됩니다, 선생님. 저는 실버에게 도망치지 않겠다고

 한 약속을 지켜야 합니다."

"알고 있다. 그러나 해적들과의 약속은 지키지 않아도 된다.

저 놈들이 너를 어떻게 할지도 모른다. 나하고 빨리

저 나무숲 속으로 빠져 나가자."

"안 됩니다. 실버는 해적이기는 하지만, 나를 믿고 신사답게

약속을 지키고 있습니다. 죽는 것은 두렵지 않습니다."

"그렇다면 할 수 없지."

"선생님, 그런데 히스파니올라 호는 제가 빼앗아서

잘 감춰 두었습니다."

"뭐? 히스파니올라 호를 네가?"

의사는 깜짝 놀랐다.

"그렇습니다. 빠져 나가려고 그 배를 빼앗았던 것입니다."

짐의 말을 들은 리버시 의사의 얼굴에는 감격과

기쁨이 넘쳐흘렀다.

"참으로 장하다. 네가 우리의 목숨을 구한 셈이 되었구나.

우리는 그 동안 벤건을 찾았다. 그는 참 훌륭한 일꾼이었다.

아, 저기 실버가 온다. 긴 얘기 더 못 하겠다."

리버시 씨는 실버가 가까이 오는 것을 보고
아무 일도 없었다는 듯이 말했다.

"실버, 짐을 안전하게 보호해 다오. 보물을 찾으러 보물
지도를 가지고 갈 때 말이야. 거기서 무슨 일이
생기더라도 짐만은 안전하게 지켜 주기 바란다."

"알겠습니다. 최선은 다하겠습니다만……."

실버가 짐을 보호해 주려고 하는 것에는 상당히 교묘한
음모가 숨어 있었다. 만약 실버가 보물을 찾아 성공하면
리버시 씨 일행은 물론 짐까지 다 죽이고 배를 빼앗아
달아날 것이고, 실패했을 때는 짐을 살려 준 공으로
본국에 가서 자기만은 교수형을 받지 않을 속셈이었다.

리버시 씨는 나무숲 사이를 헤치고 가고, 실버와
짐은 통나무집으로 돌아왔다.

아침을 먹고 나서 실버와 해적들은 보물을 찾으러 나갈
준비를 하고 있었다. 그들은 곡괭이와 삽을 들고, 음식도
챙겼다. 허리에는 모두 칼을 찼다. 실버는 권총을 찼다.
보물을 찾지 못할 경우 해적들로부터 받을 위험을
미리 방어하자는 속셈이었다.

리버시 씨가 보물 지도를 준 것은 무엇 때문일까? 거기에 무슨 속임수가 있지 않을까? 리버시 씨는 보물을 찾으러 가서 무슨 일이 생기더라도 짐을 보호해 달라고 했는데, 그 말은 무슨 뜻일까? 짐은 모든 게 수수께끼 같았다.

실버는 짐의 허리에 밧줄을 매고 도망가지 못하게 했다. 그들은 스파이글라스 언덕 가까이 있는 강 입구까지 가서 매어 놓았던 보트에 탔다. 한참 보트를 저어 나가다 어느 지점에서 멈추었다. 일행은 그 곳에 보트를 매어 두고 스파이글라스 언덕을 향해 올라갔다.

보물 지도에는 '키 큰 나무 스파이글라스 언덕'이라고 적혀 있는 곳이 있었다. 그들은 그 곳에 보물이 묻혀 있으리라 생각했다.

실버와 짐은 해적들보다 뒤처져 걷고 있었다. 땅이 울퉁불퉁해서 실버가 잘 걸을 수 없었던 것이다. 작대기 하나만을 짚고 걷기에는 매우 힘든 땅이었다.

그 때 갑자기 왼쪽 숲에서 공포에 질린 외침 소리가 들려왔다. 해적들은 무슨 일이 생겼는가 하고 그 쪽으로 몰려갔다. 그 곳에서 반듯하게 누워 있는 해골을 발견했다. 그들은 무서워 떨면서 서로 귀엣말을 주고받기 시작했다.

긴장된 시간이 얼마 흐른 뒤에 그들은 다시 앞으로 나아갔다.
그 때였다. 그들은 또 한 번 온몸을 전율시키는 무서운 소리를
듣고 몸을 부들부들 떨었다. 나무숲 사이에서 이상한
노랫소리가 들려왔던 것이다.

해골섬에 열다섯 사나이
표류해 왔으나 럼주는 한 병뿐
로호호 로호호 어찌할 거나.

해적들은 이 노래를 듣고 얼굴이 새파래졌다. 서로
부둥켜안는 사람도 있었다. 그러자 갑자기 노랫소리는
끊겼다. 그리고 침묵이 흘렀다.
"앗, 플린트의 유령이다!"
그들은 플린트의 유령이라 생각하고 와들와들 떨었다. 그
자리를 빨리 떠나고 싶었지만 너무도 무서웠기에 몸이
마음대로 움직여지지 않았다.
실버도 무서워서 몸을 떨고 있으면서도 보물을 찾아야겠다는
욕심 때문에 마음을 굳게 먹고 말했다.
"나는 플린트 선장의 보물을 찾으러 왔다. 여기에 보물이

70만 파운드는 묻혀 있을 것이다. 이 대낮에 무슨 유령이 나온다고 야단들인가? 나는 해골이나 노랫소리가 조금도 무섭지 않다."

해적들은 더 이상 발걸음을 내딛기가 무서웠지만, 실버가 말하는 70만 파운드의 보물이 저 나무 밑에 묻혀 있다는 생각을 하니 조금은 용기가 나는 것 같았다. 그래서 그들은 조금씩 앞으로 나아갔다.

실버도 빨리 걸으려고 했다. 해적들은 안내인이 가리키는 방향을 따라 달려갔다. 그들은 이내 깊은 숲 속으로 들어가다가 상상치 못한 광경을 보고 또 멈춰 섰다.

보물 지도가 가리키는 세 개의 나무 그루터기 사이에 커다란 웅덩이가 있었다. 그 웅덩이는 비어 있었다.

보물을 누가 모두 파내 간 것이다.

해적들은 어이가 없어 모두 입을 딱 벌리고 말았다. 웅덩이 속에는 나무 상자들이 산산이 부서져 사방으로 흩어져 있었고, 녹슨 괭이가 한 자루 뒹굴고 있었다.

해적들은 아무 말 없이 웅덩이를 들여다보더니, 잠시 후 웅덩이 속에 뛰어들어 손가락으로 흙을 파헤치기 시작했다. 한 사람이 금화 한 닢을 발견하고 소리쳤다.

"1파운드가 있다!"

"70만 파운드는 어디 가고 겨우 1 파운드야?"

다른 사람이 외쳤다.

웅덩이 속에 들어가 있던 해적들은 분한 감정을 참지 못하고

실버에게 대들었다.

"이것이 네가 말하던 70만 파운드의 보물이냐? 이 얼빠진

자식아."

"더 파 보아라."

실버는 꼼짝도 안 하고 버티어 서서 말했다.

해적들은 실버의 말을 듣지 않고 소리쳐 말했다.

"여러분, 저기 서 있는 두 놈이 보이지요. 한 놈은 우리의

보물을 약탈한 늙은 병신이고, 한 놈은 소년입니다. 저 놈들을

때려죽입시다."

"죽여 버려라!"

모두들 실버와 짐에게 덤벼들려는 위험한 순간이었다.

'탕, 탕, 탕!'

요란한 세 발의 총성이 숲 속에서 울렸다. 그러자 앞에서

선동하던 해적과 그를 뒤따르려던 해적이 연거푸 옆으로 푹

쓰러지고, 다른 두 놈은 숲 속으로 도망치고 말았다.

이 모든 일이 순식간에 일어났다.

다음 순간, 숲을 헤치고 리버시 씨와 그레이, 벤건이

나타났다.

"저 놈들을 잡아라!"

리버시 씨가 외쳤다. 모두 뛰기 시작했다. 그러나 그들을 잡지

못하고 되돌아왔다. 모두 실버와 짐 곁에 앉았다.

"아, 벤건. 역시 너였구나……."

"그래, 벤건이다."

벤건도 감개가 무량한 모양이었다.

"너와 이렇게 만나게 되리라고는 꿈에도 생각을 못

했는데……."

실버는 멋쩍게 웃었다. 그 때 짐이 끼어들며 말했다.

"어떻게 오셨어요? 만나 뵙게 되어 정말 반갑군요. 저 놈들이

우리를 죽이는 줄만 알았어요. '나는 이제 죽었구나.' 하고

생각했지요. 스몰렛 선장님은 어디 계시죠? 리버시 선생님은

왜 보물 지도를 실버에게 주었나요? 통나무집을 버리고

간 것은 무엇 때문인지, 모두 궁금하기만 하군요. 말해

주세요, 선생님."

의사의 널명

리버시 씨는 긴 이야기를 짐에게 해 주었다.

"그 때 나는 통나무집을 나와 벤건을 만나러 갔었지. 간신히
벤건을 만나게 되었는데, 그가 이 섬의 동북쪽에 있는 그의
동굴 속으로 모든 보물을 운반해 놓았다는 거야. 그러니까 그
보물 지도 같은 건 필요 없게 된 거야. 그래서 얼마가 지난
뒤에 나는 해변가에 진을 치고 있던 해적들 진영으로 갔지.
그리고 실버에게 '실버, 자네가 나에게 한 가지만 약속한다면
나는 자네에게 통나무집을 비워 주고 먹을 것도 다 주겠네.'
하고 말했지. '그 약속이란 뭔데?' 실버가 물었지. '우리가
통나무집을 나갈 때까지 서로 싸우지 않겠다는 약속이다.'

이 말에 실버는 생각하는 듯하더군. 혹시 우리가 속임수를
써서 자기들을 모조리 죽이는 것은 아닌가 하고 주저했겠지.
그래서 나는 또 '이 지도도 자네에게 주겠네.' 하고 말했지.
이 말에 실버도 순순히 승낙하더군. 그래서 우리는 그
통나무집을 떠나 벤건의 동굴로 자리를 옮겼어."
"아, 그래요? 그럼, 아저씨들은 지금도 거기 계세요?"
짐이 물었다.
"그렇단다."
"저는 그것도 모르고 어젯밤에 히스파니올라 호를 장악하고
숨겨 둔 후에 급히 통나무집으로 갔지 뭐예요. 이 소식을 얼른
아저씨들께 전해야겠다고 생각하면서 말이죠. 통나무집에
아저씨들이 계실 줄 알았어요. 그런데 통나무집에 들어서니,
실버의 앵무새가 먼저 소리를 치는 게 아니겠어요? 그 소리에
실버도 깨고 다른 해적들도 깜짝 놀라 일어나더군요. 나는
급히 도망치려 했지만 이미 때가 늦어서 그들에게 잡히고
말았던 거예요. 그 때 실버는 저에게 '너는 포로다.'라고
했어요. 해적들은 저를 보자 모두 죽이려고 했지만, 실버가 못
하게 막았어요. 이렇게 만나 뵈니 이 기쁨을 어떻게 말해야
좋을지 모르겠어요."

"나도 기쁘단다."

리버시 씨도 말했다.

"네가 어디 있는 줄 알아야 우리가 통나무집을 떠난다는
사실을 전해 줄 수 있지 않았겠어? 네가 아무것도 모르고
통나무집에 들이닥칠 일을 상상도 해 보았단다. 오늘
아침에도 너를 해적들 손에 넘기고 떠난 일 때문에 얼마나
괴로웠는지 모른다. 나는 오늘 해적들이 보물을 찾으러
떠나리라는 것을 미리 알았지. 그래서 보물이 없어진
것을 알면 몹시 흥분해 실버와 너를 죽이지나 않을까
걱정했던 거야."

"선생님이 총을 쏘지 않았더라면 그들은 우리를 죽이고
말았을 거예요. 선생님이 우리를 구해 주신 거예요."
영리한 짐은 이렇게 말했다.

"짐, 너를 구하러 온 시간이 꼭 맞아떨어진 게 다행이었다.
벤건과 그레이가 나와 함께 왔는데, 스파이글라스 언덕에
미리 와서 해적들이 나타나기만을 기다리고 있었지. 해적들이
해골 앞에서 놀라는 광경도 다 보았단다. 벤건이 그들을 한 번
더 놀라게 해 주자고 해서 해적의 노래를 불렀던 거다."

"아, 그러니까 그들에게 두려운 감정을 불러일으키려고

그런 것이군요."

짐이 말했다.

"그렇단다."

"해적들은 그 노랫소리를 듣고 플린트 선장의 유령이라고
생각했어요. 그래서 그 곳을 도망치려고 했지만 너무
무서워서 움직일 수가 없었던 거예요."

"해적들이 너를 죽일 것 같아 할 수 없이 총을 쏘았단다."

"고맙습니다. 선생님, 제 생명을 구해 주셨습니다. 그렇지만
실버도 통나무집에서 제 생명을 구해 주었어요."

"그래, 실버가 너를 구해 주었기에 우리는 실버를 본국까지
데려갈 거다. 자, 일어나 벤건의 동굴로 가자!"

모두 걸어서 강 입구까지 갔다. 조그마한 보트가 있었다.
그들은 보트에 올라 해안을 끼고 동북쪽 개천까지 올라갔다.
그레이는 히스파니올라 호의 갑판으로 올라가 배를 지키기로
했다. 다른 사람들은 벤건의 동굴로 갔다.

동굴은 평평한 바닥에 모래가 깔렸는데, 아주 넓었다. 굴
안으로 들어서니 스몰렛 선장이 누워 있었다. 짐은 한쪽
구석에서 맑은 물이 졸졸 흘러내려오는 것을 보았다. 그 옆에
금은보화들이 산더미처럼 쌓여 있었다.

"다시 돌아왔네, 스몰렛 선장."

리버시 씨가 말했다.

"보다시피 짐도 이렇게 무사히 돌아왔고, 그레이는 히스파니올라 호를 지키기 위해 배에 남아 있도록 했네. 여기 실버도 데리고 왔지. 어젯밤에 통나무집에서 짐의 생명을 구해 주었기에 데리고 온 걸세. 나는 실버를 믿을 수 없지. 그 늙은 녀석은 변심을 잘 하니까. 그렇지만 그가 짐을 구해 준 것만은 기억하지 않을 수 없네."

짐은 산더미처럼 쌓인 보물을 보고 생각했다.

'아아, 이것이 해적왕 플린트 선장의 보물이로구나! 이것이 적과 우리 편의 많은 생명을 빼앗아 간 보물이로구나! 이 보물이 이렇게 쌓이기까지는 수백, 수천 명의 목숨이 희생되었겠지. 얼마나 많은 배들이 해적의 습격을 받고 공포에 떨었을까.'

다음 날 아침부터 그들은 보물을 벤건의 동굴에서 히스파니올라 호로 옮겨 싣기 시작했다. 리버시 씨와 실버가 무거운 금괴를 해안까지 운반해 오면 벤건과 그레이는 작은 보트로 히스파니올라 호까지 실어날랐다.

짐은 무거운 금괴는 운반하지 못했지만 스몰렛 선장은 짐도 가만히 놓아 두지 않았다.

"짐, 너도 할 일이 있다. 너는 여기 있는 금화를 모두 가방 속에 넣어라. 다른 사람들이 가져가기 좋도록 말이야."

짐은 매일 이 일을 했다. 허리를 굽히고 일했기 때문에 잔등이 아팠고, 금화를 너무 많이 집어 나르느라고 손가락에는 피가 맺혔다.

모든 보물이 히스파니올라 호로 옮겨졌을 때, 그들은 굴 속에서 나온 샘물을 담아 배로 옮겼다. 그리고 벤건이 잡아 놓은 양고기도 옮겨 놓았다.

이렇게 모든 준비를 마치고 본국을 향해 출항하는 날, 배 안에서 회의가 열렸다.

"세 명의 해적을 어떻게 했으면 좋겠습니까?"

"그들이 한 짓을 보면 죽이는 것이 마땅하지만 그럴 필요는 없다고 봅니다."

트렐로니의 의견에 선장이 말했다.

"그게 좋겠습니다. 그들을 본국까지 데려가고 싶은 생각도 없지만, 가는 도중에 또 소동을 일으킬 염려가 전혀 없다고 말할 수 없으니, 섬에다 두고 가도록 합시다."

"좋습니다."

리버시 씨도 동의했다.

히스파니올라 호의 돛대에는 깃발이 바람에 펄럭였다.

마침내 히스파니올라 호는 닻을 올렸다. 배는 악몽 같은
보물섬을 뒤로 남기고 그리운 본국을 향해 서서히 움직였다.
해적들은 어디서 나타났는지 갑자기 해변가로 나와 두 손을
흔들며 살려 달라고 애원했다.

"잘 들어라. 동쪽 동굴로 가면 고기와 도구, 약품과 담배가
있다. 잘 살아라!"

리버시 씨는 그들을 향해 소리쳤다.

선장 일행 가운데 일할 사람은 그레이, 실버, 벤건뿐이었다.
이들만으로 영국까지 항해하기는 힘들었다.

스몰렛 선장이 말했다.

"가장 가까운 미국 해안 항구에 들러 새 선원을
뽑아야겠습니다."

배는 미국을 향했다. 그러나 미국으로 항해하기에는 기후가
좋지 않았다. 폭풍우가 치고 배가 흔들렸다. 폭우와 싸우느라
모두들 지쳤다. 드디어 어느 항구에 닻을 내리고 갑판에
올라갔다. 흑인 상인들이 보트에 타고 과일과 야채를 팔려고
히스파니올라 호로 올라왔다. 흑인들은 모두 웃는

얼굴이었다. 아! 이제 살았다. 이 얼마나 즐거운 변화인가!
악몽 같은 보물섬의 생활이 끝나고 평화로운 사람들과
만나게 되다니!

리버시 씨와 짐 등은 새 선원을 구하러 해안으로 갔다. 스몰렛
선장은 배에 남아 있었다.

이 틈에 실버는 생각했다.

'참 좋은 기회다. 저 보물을 훔쳐 가면 안전할 거다."

실버는 보물이 든 선실에 구멍을 뚫고 들어가 보물이 든 자루
하나를 훔쳐 내었다. 아무도 보는 사람이 없었다. 그는 무사히
작은 보트에 옮겨 타고 달아났다.

리버시 씨와 짐이 돌아왔을 때 실버는 간곳이 없었다.

"실버가 달아나는 것을 보았습니다. 그러나 그 외다리가 배에
있으면 늘 안전하질 못해 달아나도록 내버려 두었습니다."

"잘 됐어. 그 돈으로 귀찮은 놈을 쫓아 버린 셈이 되었으니."

트렐로니 씨는 한바탕 웃었다. 그 뒤 그들은 실버를 더 이상
찾지 않았다.

새 선원들은 모두 힘이 세고 충성스러운 사람들이었다.
그들은 배를 다루는 솜씨도 훌륭했다. 이만하면 영국까지
가는 데 아무런 문제가 없을 것이라고 생각했다. 그리하여

새로운 출항이 또 계속되었다. 브리스틀 항에서 출항했던
사람들 중에서 오직 여섯 명만 고향에 되돌아가는 셈이었다.
이틀 뒤에 히스파니올라 호는 브리스틀 항에 무사히
도착했다.

가져온 보물은 모두 나누어 가졌다. 짐은 자기 몫의 보물을
가지고 어머니한테로 달려갔다. 그리고 자기가 겪은 수많은
모험담을 어머니에게 들려 주었다. 짐은 지금도 가끔
보물섬에 관한 꿈을 꾼다. 그리고 소리를 지르며 깨어날 때가
많다. 그래서 가끔 말한다.

"엄청난 어려움을 뚫고 무사히 잘 돌아왔지. 그러나 그것은
대모험이었어."

보물을 나누어 가진 사람들은 각기 자기 마음대로 썼다. 어떤
사람들은 낭비해 버리고, 어떤 사람들은 지혜롭게 썼다.
스몰렛 선장은 건강을 회복했으나, 배를 타지 않고 조용히
여생을 마쳤다. 외다리 실버의 소식은 아무도 들은 적이 없다.
앵무새는 어떻게 되었을까?

짐은 그 뒤 훌륭한 사람이 되어 사회의 명망을 얻었으며, 여러
분야에서 좋은 일을 많이 했다. ✿

세계^명^작 시리즈와 함께 논리·논술 **Level Up !**

● 이해 능력 Level Up!

1. 짐이 사는 벤보는 어디에 있나요?

    1) 영국 남쪽 지방　　　　　2) 영국 북쪽 지방

    3) 미국 남쪽 지방　　　　　4) 미국 북쪽 지방

    5) 영국 동쪽 지방

2. 빌리가 숨어 다니며 먼 나라로 가기 위해 탄 것은?

    1) 자동차　　　　2) 비행기　　　　　3) 기차

    4) 배　　　　　　5) 오토바이

3. 다음은 빌리 선장이 벤보에 온 다음에 생긴 일입니다. 이러한 일
  이 생긴 이유는 무엇일까요?

 짐 아버지는 끙끙 앓다가 마침내 화병이 나서
자리에 눕게 되었다. 짐 어머니 또한 선장
때문에 병이 들 지경이었다.

    1) 빌리 선장 때문에 주막에 손님이 오지 않아서

    2) 짐이 빌리 선장과 어울려 나쁜 짓을 해서

3) 빌리 선장이 자꾸 돈을 달라고 해서

4) 사람들이 빌리 선장을 내쫓으라고 협박해서

5) 날마다 사람들이 몰려와 밤 늦게 가서

4. 다음은 빌리 선장이 짐에게 한 부탁입니다. 짐이 이 부탁에 대해 밑줄 친 것처럼 대답한 이유는 무엇일까요?

 "착한 짐아, 내 부탁 좀 들어 다오. 혹시 한쪽 다리가 없어 절룩이는 선원이 이 근처를 지나가면 즉시 나에게 알려 주렴. 그럼 매달 초에 은화 4펜스씩 주지."
짐은 선장의 부탁을 들어 주겠다고 했다.

1) 선장이 매일같이 망원경을 메고 바닷가로 나가서

2) 선장의 비위를 건드리지 않으려고

3) 은화 4펜스를 벌려고

4) 절룩이는 선원이 보고 싶어서

5) 다정한 목소리로 말해서

5. 트렐로니 씨는 배를 구하기 위해 어느 항구로 떠났나요?

1) 브리스틀 항   2) 히스파니올라 항

3) 브리스 항   4) 리버스 항

5) 부산항

6. 리버스 씨는 왜 런던으로 갔나요?

1) 여행하러 　　　　　　　　2) 보물섬을 찾으러

3) 휴가를 즐기러 　　　　　　4) 대신 일할 사람을 구하러

5) 선원을 구하러

7. 다음은 빌리가 가지고 있던 지도를 설명한 것입니다. 밑줄 친 것
   이 가리키는 것은 무엇일까요?

> 섬 중앙에는 X표가 여러 개 그려져 있었다. 그리고 산기슭에는
> 한 그루의 소나무가 있고 그 부근에 역시 빨간 X표가 많이
> 그려져 있었다.

1) 사람들을 묶어 놓은 곳 　　　2) 보물을 묻은 곳

3) 멋진 집이 있는 곳 　　　　　4) 좋은 무기가 있는 곳

5) 배를 대기 좋은 곳

8. 플린트 선장의 모습과 관계가 없는 것은?

1) 어깨가 넓은 늠름한 체격

2) 잔뜩 찌푸린 험상궂은 얼굴

3) 독수리 주둥이같이 날카로운 코

4) 온화한 웃음

5) 표범같이 빛나는 눈초리

9. 배의 지휘권이 빌리에게로 넘어간 것과 관계가 없는 것은?

1) 실버가 한쪽 다리를 잃어서

2) 선원장 피우가 장님이 되어서

3) 배가 좋아서

4) 모두 완치할 수 없는 상처를 입어서

5) 무사히 항해를 하기 위해서

10. 다음은 짐이 트렐로니 씨의 심부름으로 실버를 찾아 선술집에 갔을 때의 상황입니다. 실버가 밑줄 친 것처럼 행동한 이유는 무엇일까요?

> "실버, 트렐로니 씨의 편지를 가지고 왔어요."
> 짐은 실버에게 편지를 주었다. 실버는 봉투를 뜯고 편지를 읽더니, 갑자기 놀란 표정을 하며 짐을 다시 보았다.

1) 짐이 벤보 주막집 아들이라는 것을 알게 되어서

2) 반가운 편지라서

3) 편지가 보물 지도여서

4) 트렐로니 씨의 편지를 기다리고 있어서

5) 편지 내용이 마음에 들어서

11. 리버시 씨가 해적과의 싸움에서 수비하기에 좋고 또 공격하기에 가장 좋은 장소는 어디라고 했나요?

1) 오두막집   2) 초가집   3) 해안

4) 통나무집   5) 해골섬

12. 섬은 깎아 세운 듯한 절벽으로 둘러싸여 있어, 배를 가까이 댈 수 없을 정도였습니다. 그러나 자세히 살펴보면 볼 만한 두 곳

이 있었습니다. 그 두 곳과 관계없는 것은 무엇일까요?

1) 해골섬
2) 키이튼 항
3) 좁고 긴 수로가 열려 있어 멀리서 보면 넓은 자루를 펼쳐 놓
   은 것 같다.
4) 천연의 항구로 아름다운 개천이 흐름
5) 해적들이 만들어 놓은 것임

13. 짐이 섬에서 만난 사람은 누구인가요?

1) 리버시   2) 트렐로니   3) 플린트
4) 그레이   5) 벤건

14. 다음은 실버가 환자를 돌보러 온 리버시 씨에게 한 말입니다.
    밑줄 친 말이 뜻하는 것은 무엇인가요?

"선생님 덕분에 환자들은 결과가 좋습니다.
오늘은 놀라운 소식 하나를 전해 드릴 게
있습니다."

1) 짐이 왔다는 소식
2) 보물을 찾았다는 소식
3) 실버가 한쪽 다리를 잃었다는 소식
4) 통나무집에 식량이 모자란다는 소식

5) 짐이 행방 불명되었다는 소식

15. 짐은 어떤 불안한 생각을 하면서 통나무집 안으로 들어갔나요?

1) 아무 일도 일어나지 않은 것 같아서
2) 보초도 없이 잠자는 것이 이상해서
3) 해적이 쳐들어와서
4) 리버시 씨가 어리석은 분이어서
5) 요란하게 외치는 소리가 들려서

16. 다음은 실버와 해적들이 보물을 찾으러 나갈 준비를 하고 있는
모습을 설명한 것입니다. 실버가 밑줄 친 것처럼 행동한 이유는
무엇일까요?

아침을 먹고 나서 실버와 해적들은 보물을 찾으러 나갈 준비를 하고 있었다. 그들은 곡괭이와 삽을 들고, 음식도 챙겼다. 허리에는 모두 칼을 찼다. 실버는 권총을 찼다.

1) 보물을 못 찾을 경우 염소를 잡아 식량을 하려고
2) 해적들로부터 받을 공격에 미리 대비하려고
3) 다른 해적들이 있을지 몰라서
4) 멋을 내려고
5) 공포를 쏘려고

● 논리 능력 Level Up!

1. 이 책의 저자 로버트 루이스 스티븐슨은 어떤 어린 시절을 보냈
   나요? (머리말과 사전, 인터넷 등을 참고로 하여 조사해 보세요. 또한
   그가 소중한 작품들을 남길 수 있었던 힘은 어디에 있었는지도 함께 알
   아보세요.)

2. 다음은 빌리 선장이 숨을 거둔 다음에 짐의 어머니가 한 행동을
   나타낸 글입니다. 글을 읽고 짐의 어머니는 어떤 성격인지 추측
   해 보세요.

   > "이 돈이면 저 사람의 밥값, 술값, 또 머무른 값을 치르고도
   > 남겠구나. 그렇지만 나는 받을 만큼만 받겠다. 어서 금화를
   > 세어 보자."
   > 해적들이 습격해 오려고 하는 아주 위급한 상황인데, 짐
   > 어머니는 금화를 세기 시작했다.

3. 빌리는 어떤 방법으로 여기저기 숨어 다녔나요?

4. 빌리는 왜 짐의 집에 머물기로 결정했나요?

5. 해적들이 짐에게 다음과 같이 행동하자 실버는 밑줄 친 것처럼
   외쳤습니다. 그 이유는 무엇이었나요?

> 해적들은 화가 나 그 중 한 명은 칼을 빼 들고 짐을 죽이려 덤벼들었다.
> "이 꼬마 녀석을 죽여 버리겠어."
> "멈춰라! 선장은 나야. 이 소년에게 손대지 마! 당장 네 자리로 돌아가!"
> 실버가 외치자, 부하들은 불평을 했다.

6. 스몰렛 선장이 트렐로니 씨에게 다음과 같이 말한 이유는 무엇
   일까요?

"심각한 문제입니다. 솔직하게
말씀드리면, 저는 이번 항해를 별로
달갑게 생각하지 않습니다.

7. 스몰렛은 히스파니올라 호의 선장이 되는 조건으로 세 가지를
   제시했습니다. 그 세 가지는 무엇인가요?

8. 다음 글에 나타난 짐의 행동이 문제가 되는 이유가 무엇인지 써
   보세요.

그 때 그에게 한 가지 생각이 떠올랐다. 짐은 아무에게도 말하지 않고 생각을 실천에 옮기기로 결심했다. 모험을 하려는 것이었다. 짐은 주머니에 비스킷을 잔뜩 넣고, 권총을 양쪽 허리에 찼다. 그러고는 아무도 자기를 지켜보지 않는 틈을 타서 울타리를 넘었다.
   짐이 울타리를 넘어 나무들 사이로 사라지는 모습을 본 사람은 아무도 없었다.

9. 어린 나이에도 불구하고 어려운 모험을 한 짐의 이야기를 읽으
   며 무엇을 느꼈나요?

● 논술 능력 Level Up!

1. 인간은 누구나 살아가면서 어려운 일들을 겪게 마련입니다. 여러분도 그런 경험이 있나요? 그 때 여러분은 어떻게 행동했나요?

2. 짐은 보물 지도를 발견한 뒤 다음과 같이 행동했습니다. 만일 내가 짐이라면 보물 지도를 발견한 후 어떻게 했을까요?

> 무서운 사건을 겪고 난 짐과 어머니는 더 이상 주막에 있을 수가 없었다. 그래서 의사인 리버시 씨를 만나 도움을 청하는 것이 좋을 것이라고 생각했다.

3. 다음은 보물을 찾아 본국으로 돌아온 뒤의 상황을 설명한 글입니다. 이 글을 읽고 트렐로니 씨와 리버시 씨, 짐 등이 어떻게 보물을 썼을지 상상력을 발휘해 이야기를 꾸며 보세요.

> - 가져온 보물은 모두 나누어 가졌다. 짐은 자기 몫의 보물을 가지고 어머니한테로 달려갔다.
> - 보물을 나누어 가진 사람들은 각기 자기 마음대로 썼다. 어떤 사람들은 낭비해 버리고, 어떤 사람들은 지혜롭게 썼다.

4. 내가 가장 소중히 여기는 보물은 무엇인가요? 그리고 그 보물을 잘 지키기 위해 나는 어떤 노력을 하고 있나요?

5. 사람들이 실버가 다음과 같은 행동을 한 것을 알고도 가만히 내
   버려 둔 이유는 무엇일까요? 만약 여러분이었다면 어떻게 했을
   지와 그 이유도 써 보세요.

 실버는 보물이 든 선실에 구멍을 뚫고 들어가
보물이 든 자루 하나를 훔쳐 내었다. 아무도
보는 사람이 없었다. 그는 무사히 작은 보트에
옮겨 타고 달아났다.

6. 다음 글을 읽고 이러한 일이 일어난 이유는 무엇인지 생각해 보고 현대인들의 삶과 비교하여 글로 써 보세요.

- 배는 저녁에 육지에 닿았는데, 그 날 밤 임시 선장인 빌리는 동료 선원들과 배를 버리고 어디론가 자취를 감추고 말았다. 플린트 선장이 감춰 두었던 지도를 빼앗은 빌리는 더 이상 배에 머물 수 없었던 것이다. 배에 남아 있던 선원들은 빌리를 죽일 놈이라며 분해했다.

- 플린트 선장과 선원 네 명이 금을 숨기려 섬 해안으로 갔는데, 그 네 사람은 영영 돌아오지 않았어. 플린트 선장이 그들을 모두 죽였기 때문이지.

7. 다음은 실버가 폭동에 가담하라고 했을 때 톰이라는 선원이 한 말입니다. 만약 우리에게 이처럼 정의와 현실 사이에서 갈등하는 일이 생겼다면 어떻게 행동해야 할지 생각해 보세요.

> "내 대답은 항상 같다. 나는 죽으면 죽었지 그런 흉악한 짓은 못 하겠다. 나는 지금까지 정직하게 살아 왔어. 내가 지금 네 공갈에 못 이겨 흉악한 음모에 가담한다면 지금까지 내가 쌓아 온 일생에 커다란 오점을 남기게 된다. 나는 해적 패에 가담할 수 없다."

풀이

이해 능력 Level Up!

1. 1)	2. 4)	3. 1)	4. 2)	5. 1)
6. 5)	7. 2)	8. 4)	9. 3)	10. 1)
11. 4)	12. 5)	13. 5)	14. 1)	15. 2)
16. 2)				

논리 능력 Level Up!

1. 로버트 루이스 스티븐슨은 어린 시절 몸이 약해 학교를 제대로 다니지 못했다. 그는 정규 교육 과정을 밟지 않았지만 여러 가지 책을 많이 읽어 풍부한 상식과 지식을 갖출 수 있었다. 또한 폐결핵이 악화되자 요양하기 위해 유럽 여러 곳을 여행하게 되었는데, 이 여행이 그의 상상력을 키우는 데 큰 도움을 주었다. 결국 그는 독서와 여행의 힘으로 『보물섬』과 같은 주옥 같은 작품을 탄생시킬 수 있었다.

2. 빌리 선장이 죽은 후 짐의 어머니는 그의 보물 상자에서 많은 금화를 발견하였다. 그러나 빌리 선장이 빚진 만큼의 액수만 가져가기 위해, 긴박한 상황에서도 차분하게 금화를 세었다. 그런 것으로 볼 때 짐의 어머니는 매우 정직하고 침착하며 모든 일에 분명한 사람인 듯하다.

3. 배를 타고 먼 나라로 가기도 하고, 이름을 바꾸거나 변장을

하기도 하며 해적들을 피해 다녔다.

4. 짐의 집이 조용하고 외진 곳에 있어 숨어 지내기에 좋았기 때문이다.

5. 본국으로 돌아가면 자신은 사형을 당할 것이 분명했다. 그러나 짐을 보호해 주면 본국에서 짐이 자신을 변호해 사형을 면하게 도와 줄 것이라 생각했기 때문이다.

6. 선장은 오랫동안 배를 탔기 때문에 경험이 풍부하고 상황 판단이 정확하며 책임감이 강한 사람이었다. 그래서 선원들의 안전을 책임져야 한다고 생각했기 때문에 신원이 분명하지 않은 사람들과 항해하기를 꺼렸다. 선상 반란 등 만일의 사태를 우려했던 것이다.

7. 첫째, 선원들이 각자 침실에 쌓아 둔 화약을 모두 선실 아래로 옮겨 놓을 것. 둘째, 트렐로니 씨가 데려온 하인은 모두 자신의 곁에 있도록 할 것. 셋째, 보물 지도를 선원 누구의 눈에도 띄지 않도록 할 것.

8. 다행히 무사히 돌아갔고 일행에게 도움을 주긴 했지만 일행과 의논하지 않고 혼자 행동한 것은 무척 위험한 일이었다. 또한 다른 사람들로 하여금 걱정과 오해를 불러일으킬 수 있기 때문에 조심했어야 했다.

9. 예시 : 짐은 모험을 하는 중에 큰 위기가 많았고, 목숨이 위태

로운 적도 많았는데 그럴 때마다 전혀 흔들림 없이 행동하였다. 나라면 그렇게 침착하게 행동할 수 없었을 것이다. 어떤 상황에서도 용기를 잃지 않는 짐의 성격을 본받고 싶다.

논술 능력 Level Up!

1. 예시 : 얼마 전에 친구와 사소한 오해로 인해 다투었다. 내가 자기를 욕하고 다녔다고 화를 크게 내는 친구 때문에 무척 힘들었다. 나는 끈질기게 그 친구를 설득하고 내가 그런 행동을 하지 않았다는 것을 증명해 다시 친해질 수 있었다. 돌아보면 하나의 모험이라 생각하고 편해질 수 있는데 그 당시는 차분하게 행동하지 못하고 마음이 무척 상했다. 어떻게 해야 할지 잘 몰라 헤매기도 했지만 주위 사람들에게 오해를 풀 수 있는 방법을 가르쳐 달라고 해 잘 해결할 수 있었다.

2. 예시 : 보물 지도를 가지고 가까운 경찰서를 찾아가겠다. 우선 경찰관 아저씨들에게 해적을 잡도록 하고, 해적들이 다 잡혀 나의 안전이 보장되면 그 때 비로소 보물섬을 찾아 떠나겠다. 물론 경찰관과 함께. 혼자 목숨을 걸고 떠나는 건 무모한 짓이기 때문이다. 목숨만큼 귀한 보물은 없다. 보물섬을 찾고 나면 그 곳에 나의 가족과 친구들을 데려가고, 아끼는 물건들과 학교 등을 옮겨 놓겠다. 그리고 거기에서 신나게 살 것이다.

3. 예시 : 실버는 무거운 죄책감으로 인해 그 돈을 모두 어려운 사람들을 돕는 데 썼다. 밥을 못 먹는 사람들, 돈이 없어 배우지

못하는 사람들이 실버의 도움을 받았다. 한편 트렐로니 씨는 멋진 별장을 사서 매일 흥청망청 파티를 즐기다가 가진 돈을 모두 날리게 되었다. 길거리로 나앉게 된 트렐로니 씨는 결국 실버의 도움을 받게 된다. 의사였던 리버시 씨는 그 돈으로 훌륭한 병원들을 지어 몸이 아픈 사람들을 낫게 하고, 짐은 아버지의 죽음을 안타깝게 여겨 아버지의 이름으로 많은 학생들에게 장학금을 주었다. 결국 훌륭한 어른으로 자란 짐은 선행을 인정받아 시장으로 선출된다.

4. 예시 : 금은보화만이 인생에서 값진 것은 아니다. 금은보화를 많이 가졌다고 행복한 것도, 전혀 가지지 못했다고 불행한 것도 아닙니다. 나는 다른 사람을 배려하는 마음이 내가 가진 보물이라고 생각한다. 늘 나보다는 남을 먼저 생각하라는 부모님의 가르침에 따르려고 노력하다 보니 몸에 배게 되었는데, 이런 마음씨는 돈 주고도 못 사는 귀중한 것이라고 생각한다.

5. 예시 : 차라리 실버가 없는 것이 안전하다고 생각했고 또 신경을 쓰지 않아도 되기 때문이다. 만약 나라면 실버를 본국까지 데려가 재판을 받게 했을 것이다. 왜냐하면 죄를 지은 사람은 거기에 해당하는 벌을 꼭 받아야 하기 때문이다. 변호를 해 주어 사형을 면하게 해 줄 수는 있지만 죄를 모두 용서해 줄 수는 없다고 생각한다.

6. 예시 : 진정 중요한 것을 잊고 살았기 때문이다. 눈앞에 보이는 이익에만 급급하여 살인 등 무서운 죄악을 서슴지 않고 저질렀

다. 그러나 결국 거기에 행복이 있었던 건 아니다. 죄는 또 다른 죄를 낳을 뿐이다. 현대인들 또한 끊임없이 죄를 짓고 산다. 나밖에 모르는 이기심이 다른 사람에게 상처를 주고, 불필요한 경쟁심 때문에 타인을 짓밟고 일어서는 경우도 많다. 사회 곳곳에는 돈 때문에 저지르는 범죄 또한 많이 일어난다. 황금 만능주의가 불러온 현대인의 비극이다.

7. 예시 : 정의와 현실, 이것은 동전의 앞뒷면과 같이 떼려 해도 뗄 수 없는 사이지만 결코 만날 수 없는 관계이기도 하다. 정의를 따르자니 현실이 울고 현실을 따르자니 정의를 배반할 수 없다. 그렇지만 힘들어도 정의를 지켜야 한다고 생각한다. 그렇지 않으면 양심의 가책 때문에 마음이 편하지 않을 것이다. 자기에게 피해가 가지 않는 한도 내에서 다른 사람의 도움을 받아 정의의 편에 서는 것도 좋은 방법이라고 생각한다.

초등권장 도서 세계 명작 시리즈

※효리원 세계 명작 시리즈는 계속 발간됩니다!